Le jour où l'inconnue débarqua dans son bureau, Cade Parris sut d'instinct qu'elle serait la femme de sa vie.

Manque de chance, il n'était pas au mieux de sa forme, ce jour-là... D'abord, sa secrétaire avait démissionné la veille. Certes, ce n'était pas une grande perte puisqu'elle s'était toujours davantage intéressée au vernis de ses ongles qu'à son travail. N'empêche que Cade ne pouvait pas, seul, tenir à jour ses dossiers et mettre un peu d'ordre ! Voilà pourquoi il avait offert à cette incapable une augmentation mirobolante supposée la retenir ! En vain ! Cade n'avait pu détourner sa secrétaire d'une soudaine vocation de chanteuse de country music... A l'heure actuelle, elle devait donc rouler en direction de Nashville dans sa guimbarde d'occasion. Bon vent ! Et que son parcours soit aussi apocalyptique que l'état dans lequel elle avait laissé le bureau en partant ! C'était tout le bien qu'il lui souhaitait.

Malgré le pétrin dans lequel il se retrouvait, il ne gaspilla pas son temps à fulminer, pas plus qu'il ne le gâcha à décrocher le téléphone qui sonnait sans trêve dans le bureau désert de son ex-secrétaire. Il devait taper des rapports, et comme la dactylographie ne faisait pas partie de ses talents, il était urgent qu'il s'y attelle. Faute de quoi, Parris Investigations ne survivrait pas à la désertion de sa pop-star de secrétaire...

Parris Investigations n'était pas à proprement parler une entreprise florissante, mais c'était *son* agence et il y tenait. Elle lui convenait, comme lui convenait son bureau, simplement constitué de deux petites pièces perchées au dernier étage d'un immeuble en briques du District of Columbia.

Pas le grand luxe... Justement, il se passait très bien des moquettes épaisses, des meubles polis... ! La prétention et la pompe des intérieurs bourgeois, il avait grandi dedans jusqu'à ce que, à l'issue de son adolescence, il en ait sa dose. A présent, à trente ans, après un mariage raté et enterré, et malgré sa famille toujours aussi prompte à critiquer le moindre de ses choix, il était globalement content de son sort.

Pourquoi ne l'aurait-il pas été ? Il possédait sa licence de détective privé, avait la réputation de faire du bon boulot, et gagnait suffisamment d'argent pour maintenir son entreprise à flot.

Une femme en fuite

Nora Roberts

Une femme en fuite

Collection : NORA ROBERTS

Titre original : HIDDEN STAR

Traduction française de PATRICIA RADISSON

HARLEQUIN®
est une marque déposée par le Groupe Harlequin

Photo de couverture
Ombres dans tunnel : © VETTA/ROYALTY FREE/GETTY IMAGES
Réalisation graphique couverture : V. ROCH

© 1997, Nora Roberts. © 2012, Harlequin S.A.

83-85, boulevard Vincent-Auriol, 75646 PARIS CEDEX 13.

Service Lectrices — Tél. : 01 45 82 47 47
www.harlequin.fr
ISBN 978-2-2802-3376-7

Bien que, à dire vrai, l'argent constituât un problème, en ce moment. On pouvait même dire que — dactylographie mise à part — il traversait une période de calme plat. La plupart des dossiers qu'il avait à traiter se rapportaient à des problèmes d'assurance ou des règlements de comptes matrimoniaux. Beaucoup moins excitant que ce qu'il avait imaginé en choisissant le métier de détective, et peu rémunérateur. Il venait juste de régler sans effort deux cas mineurs de fraude à l'assurance, et, pour l'instant, il n'avait rien d'autre en vue. Par malchance, sa sangsue de propriétaire choisissait ce moment pour augmenter le loyer, sa voiture cliquetait très bizarrement ces temps-ci, et la climatisation de son bureau venait de tomber en panne. Quant au toit, il laissait de nouveau passer la pluie.

Il en était là de ses réflexions quand il entendit une voix sur son répondeur. La voix de sa mère. Mon Dieu ! échappe-t-on jamais à sa mère ?

— « Cade chéri, j'espère que tu n'as pas oublié le bal de l'ambassade ? Tu sais que tu y accompagnes Pamela Lovett. J'ai déjeuné avec sa tante hier. Selon elle, sa nièce est revenue radieuse de son petit séjour à Monaco. »

Les yeux rivés à l'écran de son ordinateur, Cade bougonna. Sale machine ! Lui et ces engins entretenaient un rapport conflictuel, de toute façon, et où la confiance occupait peu de place.

Intarissable, sa mère poursuivait :

— « As-tu porté ton smoking à nettoyer ? Et prends le temps d'aller chez le coiffeur. La dernière fois que je t'ai vu, tu avais le cheveu en bataille. »

« Et pense aussi à te laver les oreilles ! » acheva intérieurement Cade en coupant le son du répondeur. Sa mère n'accepterait-elle donc jamais que le style de vie des Parris ne soit pas son mode de vie à *lui* ? Il ne voulait tout simplement *pas* déjeuner au club ; ni chaperonner d'anciennes débutantes lorsqu'elles visitaient Washington. Et toute la persuasion de sa mère n'y changerait rien.

Ce qu'il recherchait, c'était l'aventure. Et même si lutter pour taper un rapport au sujet d'une arnaque à l'assurance ne rappelait en rien les exploits de Sam Spade, son détective fétiche du *Faucon maltais*, Cade considérait que c'était déjà mettre le pied à l'étrier.

En tout cas, il ne se sentait ni inutile ni déplacé, et ne s'ennuyait pas. Il aimait la rumeur de la circulation qui lui parvenait par la fenêtre — même si la fenêtre n'était ouverte que parce que son propriétaire véreux ne réparait pas la climatisation. De toute façon, fenêtres fermées, son bureau aurait été étouffant, et aussi confiné qu'une tombe.

Cependant, aujourd'hui, la chaleur était particulièrement étouffante, on pressentait l'arrivée de la pluie et la clim eût été bienvenue. La sueur coulait le long du dos de Cade, le rendant nerveux et irritable. Il n'avait gardé pour tout vêtement qu'un jean et un T-shirt, et ses doigts moites glissaient sur le clavier. Plusieurs fois, il dut repousser une mèche de cheveux qui lui tombait sur le front. Finalement, sa mère n'avait pas tort, songea-t-il : une séance chez le coiffeur s'imposait.

Quand la mèche retomba sur son front, il l'ignora, comme il ignorait la transpiration, la chaleur, le bourdonnement de la circulation et le goutte-à-goutte indésirable en provenance du plafond. Assis, il tapait méthodiquement — avec un doigt pour ne plus riper.

Il croisa son reflet dans la glace poussiéreuse du mur de droite. On disait de lui qu'il était un homme d'une « étonnante beauté », même avec la mine renfrognée des mauvais jours. En fait, il s'était contenté d'hériter du physique de la famille, songea-t-il. Les yeux verts intelligents — au regard aigu ou doux selon les circonstances et les états d'âme. Des cheveux souples. Le nez droit, aristocratique, un peu long... Le dessin ferme de sa bouche se prêtait au sourire lorsque quelque chose l'amusait, à l'ironie dans le cas contraire.

Son visage, tout en ayant perdu l'embarrassant côté « chérubin » de son adolescence, était encore marqué de fossettes séduisantes. Certains hommes craignent de vieillir ; Cade Parris, au contraire, aspirait à la maturité, qui, avec un peu de chance, lui donnerait les rides viriles qui lui manquaient.

Car il aurait aimé un visage taillé à la serpe... ! Raté ! On lui avait collé l'allure d'une gravure de mode. D'ailleurs, à vingt ans, il avait pu poser pour une revue — pas par goût, cependant ; par provocation, histoire de réagir aux pressions familiales.

Le téléphone sonna de nouveau. Cette fois, Cade entendit la voix de sa sœur : elle lui reprochait de ne pas avoir assisté au cocktail donné en l'honneur d'un quelconque sénateur auquel elle apportait son soutien. Alors, un instant il eut la tentation de débrancher le maudit répondeur, et de le jeter par la fenêtre, ce qui le débarrasserait de la voix nasillarde de sa sœur, par la même occasion !

Comme si ce désagréable sermon n'avait pas suffi, la pluie qui ajoutait à la chaleur humide de la pièce se mit à tomber, accentuant le goutte-à-goutte en provenance du plafond. Là, pour une raison indéterminée — si ce n'est méchanceté pure et simple du destin —, l'écran de l'ordinateur s'éteignit. Pour couronner le tout, la bouilloire se mit à siffler.

D'un bond, Cade se leva. Comme tous ceux qui font du zèle en pareille circonstance, il se brûla la main sur l'anse de la bouilloire. Il lança alors une bordée de jurons et lâcha le récipient qui s'écrasa par terre. Mille éclats de verre s'éparpillèrent. Cade ouvrit alors un tiroir, attrapa des serviettes en papier à l'aveugle, et se coupa le doigt sur un bout de verre en épongeant le café.

Il n'y avait qu'une explication à cette avalanche de contrariétés, conclut-il : ce n'était pas son jour.

La réalité le démentit.

Une femme venait d'entrer, alors qu'il jurait encore comme un enragé et ne songeait même pas à lever la tête.

Elle se tenait debout, trempée de pluie, le visage pâle comme la mort, les yeux hagards, et pourtant… divine.

— Excusez-moi… j'ai dû me tromper de bureau…

Sa voix était rauque, comme si elle n'avait pas parlé depuis longtemps. Tandis qu'elle reculait d'un pas, ses grands yeux bruns se posèrent sur la plaque de l'agence.

— Vous êtes monsieur Parris ?

L'espace d'un instant, frappé par la foudre, Cade se trouva incapable de parler. Il avait bien conscience de fixer éhontément cette femme, mais n'y pouvait rien changer. Son cœur allait sans doute s'arrêter. Il se sentait faible. Et une seule pensée lui vint à l'esprit : « Vous, enfin. Pourquoi avoir autant tardé ? »

Parce que cette pensée lui sembla ridicule, il se composa — plutôt à grand-peine — l'expression cynique et détachée du détective type.

— Ouais, bougonna-t-il. Je suis Cade Parris. Et je viens d'avoir un petit pépin.

Il se souvint du mouchoir, fourré dans sa poche, et enveloppa son pouce qui saignait abondamment.

— Je vois, dit l'inconnue d'un air absent. J'arrive au mauvais moment. Je n'ai pas de rendez-vous, mais je pensais que...

— Mon calendrier n'est pas surchargé.

Pourquoi évoquait-il le calendrier ? A la vérité, il voulait coûte que coûte retenir cette femme. D'abord, elle pouvait le faire travailler. Car, en dépit de la réaction instinctive, absurde et sans précédent qu'il avait éprouvée en la découvrant, Cade ne perdait pas de vue qu'il était un pro et elle une possible cliente, bienvenue dans une petite agence en mal de dossiers comme Parris Investigations. Mais, surtout, jamais une femme aussi ravissante n'avait franchi le seuil de l'agence du grand Sam Spade lui-même.

Elle était blonde, belle... et perplexe. Ses cheveux mouillés tombaient tout raides sur ses épaules. Ses yeux avaient la couleur du bourbon, dans un visage aux traits délicats de fée. Un visage en forme de cœur, avec des joues douces et une bouche pleine, grave et sans maquillage.

La pluie avait abîmé son tailleur et ses chaussures. Cade jugea l'ensemble d'excellente qualité — la touche exclusive et discrète des grands faiseurs. Si bien que, contre le chemisier de soie bleu trempé, l'ordinaire sac de toile qu'elle portait paraissait curieusement déplacé.

Une demoiselle en détresse, se réjouit Cade. Exactement ce qu'il lui fallait ! Ses lèvres s'en seraient retroussées de plaisir !

— Pourquoi ne pas entrer, mademoiselle… ?

La jeune femme serra son sac contre sa poitrine et Cade aurait juré que son cœur battait à grands coups tant elle semblait affolée.

— Vous êtes bien détective privé ?

— C'est ce que dit ma plaque.

Il sourit, usant sans remords du charme de ses fossettes tandis qu'il observait la jeune femme qui se mordillait nerveusement la lèvre. Splendide… Il aurait aimé mordiller lui-même cette bouche, songea-t-il.

Cette réaction-là — physique, sensuelle — l'étonna beaucoup moins que son hébétude ridicule des premières secondes de leur rencontre. En fait, il se sentit même soulagé de renouer avec des sensations familières. Le désir, voilà une émotion qu'il comprenait !

— Rendons-nous dans mon bureau, proposa-t-il.

D'un coup d'œil, il embrassa l'étendue des dégâts : verre cassé, mare de café...

Elle inspira profondément. Puis elle fit quelques pas, et referma la porte derrière elle. Elle devait commencer son récit quelque part. Mais comment s'y prendre ?

Enjambant les débris, elle suivit le détective dans la pièce attenante. Les meubles consistaient pour l'essentiel en un bureau et deux chaises achetées au rayon affaires d'une grande surface. Rien de brillant, songea-t-elle, rien de rassurant non plus. Mais elle ne pouvait se permettre de faire la fine bouche. Elle attendit donc que le privé se soit assis derrière son bureau, et lui ait adressé un sourire qui visait sans doute à la rassurer.

Alors elle ferma les yeux, et se concentra.

— Avez-vous... Pouvez-vous me montrer vos... références ?

Intrigué, Cade sortit sa licence et la tendit à l'inconnue. Pendant qu'elle examinait le document comme si elle en pesait chaque mot, Cade l'observa. Elle portait deux belles bagues, une à chaque main, remarqua-t-il. L'une d'elles était une citrine sertie à l'ancienne, l'autre un ensemble de trois pierres. A la faveur du geste par lequel elle arrangea ses cheveux, il nota aussi que ses boucles d'oreilles étaient assorties à la seconde bague.

— Voulez-vous m'expliquer le problème, mademoiselle… ?

— Je crois…

Elle lui rendit sa licence, et l'étudia à son tour de ses yeux intenses et pénétrants — aussi sérieusement qu'elle avait étudié ses références.

— Je crois que j'aimerais utiliser vos services. Vous recherchez les personnes disparues, n'est-ce pas ?

« Qui as-tu perdu, mon cœur ? » se demanda Cade. Il espérait, pour elle comme pour les fantasmes qui naissaient dans sa propre tête, qu'elle n'avait pas perdu un mari, ni même un amant…

— Bien sûr, répondit-il.

— Quels sont vos honoraires ?

— Deux dollars cinquante par jour, plus les frais.

Comme elle opinait, il saisit un bloc et un stylo.

— Qui dois-je rechercher ?

Elle soupira, frissonna.

— Moi. Vous devez me chercher moi. Et me trouver.

Les yeux fixés sur elle, Cade tapota la table de son stylo.

— C'est déjà fait, on dirait. Je vous envoie ma note ou vous payez tout de suite ?

*
* *

Elle allait s'effondrer. Elle tenait le coup depuis si longtemps — du moins le temps lui avait-il semblé long. Mais, à présent, la branche à laquelle elle s'était raccrochée quand le monde s'était écroulé autour d'elle commençait à craquer.

Alors, pour ne pas donner aux sanglots la possibilité de l'empêcher de parler, elle se dépêcha d'avouer :

— Je ne me rappelle rien. Absolument rien.

Sa voix vacilla. Elle lâcha son sac et pressa les mains contre son visage.

— Je ne sais pas qui je suis. Je ne sais pas qui je suis.

Les mots mêlés de pleurs bruissaient entre ses doigts.

— Je ne sais pas qui je suis, répéta-t-elle.

Cade en connaissait un rayon en matière d'hystérie féminine. Il avait grandi parmi des femmes qui usaient de flots de larmes et de sanglots en réponse à n'importe quel problème, qu'il s'agît d'un ongle cassé ou d'un divorce. Il se leva donc, s'arma d'une boîte de mouchoirs en papier, et s'accroupit devant la jeune femme.

— Allons, allons, mon chou, ça va passer.

Avec savoir-faire, il lui essuyait le visage tout en parlant. Il lui tapotait la main, lui caressait les cheveux, cherchait à capturer son regard noyé de larmes.

— Désolée. Je ne peux pas…

— Pleurez tout votre soûl. Ça ira mieux après.

Il se leva et revint des lavabos avec un gobelet en carton.

Quand les mouchoirs mouillés se furent entassés sur ses genoux, l'inconnue recrouvra un peu de calme, et reprit son souffle.

— Merci. Je me sens mieux.

Ses joues rosirent d'embarras tandis qu'elle rassemblait les mouchoirs. Cade les lui prit des mains, les jeta dans la poubelle, et s'appuya contre son bureau.

— Racontez-moi tout, suggéra-t-il.

Elle hocha la tête, et se tordit nerveusement les mains.

— Il n'y a pas grand-chose à raconter. Je ne me rappelle rien. Qui je suis, d'où je viens, qui sont mes amis, ma famille. Rien.

Une femme divinement belle et privée de passé, poussée par la pluie jusqu'à son agence…, songea Cade. Autrement dit, un rêve en pleine réalité ! Il y avait forcément un os… Il regarda du côté du sac qu'elle tenait toujours sur ses genoux. L'os était-il caché là ? Ils y viendraient plus tard.

— Pourquoi ne me diriez-vous pas le premier souvenir que vous ayez ?

— Je me suis réveillée dans une chambre d'un petit hôtel de la 16ᵉ Rue.

Elle cala sa tête contre le dossier de son siège et, fermant les yeux, elle essaya de se concentrer.

— Même cela, ce n'est pas clair. J'étais roulée en boule sur le lit. Une chaise coinçait le bouton de la porte. Il pleuvait. J'étais groggy et désorientée, mon cœur battait fort comme si je m'éveillais d'un cauchemar. Je portais encore mes chaussures — je me souviens m'être demandé pourquoi je m'étais couchée avec mes souliers. La chambre était obscure et étouffante. Toutes les fenêtres étaient closes. J'étais épuisée. Aussi suis-je allée dans la salle de bains m'asperger le visage.

Elle ouvrit les yeux et plongea son regard dans celui de Cade.

— J'ai vu mon visage dans le miroir. Un vilain petit miroir tout piqué. Et mon visage m'a semblé inconnu.

Levant une main, elle la passa sur sa joue, puis le long de sa mâchoire.

— Je ne pouvais pas mettre un nom sur ce visage, ni le relier à aucune pensée, aucun projet. Pas davantage au passé. Je ne savais pas comment j'avais abouti dans cette chambre sordide. J'ai regardé dans les tiroirs et la penderie : ils étaient vides. Pas de vêtements. J'avais peur de rester là, mais ne savais où aller.

— Le sac… c'est tout ce que vous aviez avec vous ?

— Oui.

De nouveau ses mains s'agrippèrent à la bandoulière du sac de toile.

— Pas de sac à main, pas de portefeuille, aucune clé. J'ai juste trouvé ça dans ma poche.

Et, de la poche de sa veste, elle sortit un petit bout de papier. Cade le lui prit et y jeta un rapide coup d'œil.

« Virginia, samedi 7 heures, d'accord ? S. »

— Je ne sais pas ce que cela veut dire. J'ai lu les journaux. Aujourd'hui, nous sommes vendredi.

Cade lui tendit un bloc-notes et un stylo.

— Recopiez le message, demanda-t-il.

Elle s'exécuta.

Afin de comparer les deux écritures, Cade plaça les deux bouts de papier côte à côte.

— Eh bien ! Puisque vous n'êtes pas S., je dirais que vous êtes Virginia.

Elle cligna des yeux.

— Pardon ?

— Si j'en juge par son écriture, S. est gaucher ou gauchère. Vous êtes droitière. Votre écriture est nette, simple. Celle de S. est un gribouillis impatient. Le papier se trouvait dans *votre* poche. Je conclus de tout cela qu'il y a de fortes chances que vous soyez Virginia.

— Virginia…, répéta-t-elle.

Elle essaya de s'approprier le nom — l'espoir qu'il faisait naître, la sensation et le goût de l'identité. Mais « Virginia » demeurait sec et étranger.

— Ça ne signifie rien pour moi.

— Ça signifie au moins que nous pouvons associer un prénom à votre personne. C'est un point de départ. Dites-moi ce que vous avez fait ensuite.

Déconcertée, elle le regarda sans comprendre.

— Oh, je… il y avait un annuaire dans la chambre. J'ai cherché les agences de détectives.

— Pourquoi avoir choisi la mienne ?

— A cause du nom. Il sonnait solide.

Elle sourit pour la première fois. Un pâle sourire, sans doute, mais un sourire.

— J'ai commencé à appeler. Pourtant la peur de ne pas être comprise m'a retenue. J'ai préféré me présenter en personne… J'ai donc attendu dans la chambre l'ouverture des bureaux, j'ai marché un petit moment dans les rues, et j'ai pris un taxi jusqu'ici.

— Pourquoi ne pas être allée à l'hôpital ? Ne pas avoir appelé un médecin ?

Les yeux fixés sur ses mains, elle répondit :

— J'y ai pensé… mais je ne l'ai pas fait.

« Elle laisse des pans entiers dans l'ombre »,

songea Cade. Contournant son bureau, il ouvrit un tiroir et en tira une barre chocolatée.

— Vous ne m'avez pas parlé de petit déjeuner, remarqua-t-il.

Il la regarda étudier la sucrerie avec ce qui lui parut de la curiosité mêlée d'amusement.

— Cela vous aidera à tenir…

— Merci.

Avec des mouvements net et précis, elle défit l'enveloppe de la confiserie.

— Il se peut que des gens s'inquiètent pour moi, dit-elle. La famille, les amis. Peut-être ai-je un enfant ?

Ses yeux s'assombrirent tandis que son regard se perdait dans le vague.

— J'en doute, car j'imagine mal une mère gommer de sa mémoire sa propre progéniture, continua-t-elle. Mais il peut exister des gens qui se demandent ce que je suis devenue. Pourquoi je ne suis pas rentrée la nuit dernière.

— Vous auriez pu vous rendre à la police.

Cette fois, sa voix se fit sèche, tranchante.

— Je ne souhaitais pas aller à la police. Pas avant… Non, je ne veux pas mêler la police à tout cela.

Elle s'essuya les mains avec un mouchoir en papier qu'elle se mit à déchiqueter, méthodiquement, en fines lanières.

— Peut-être quelqu'un me recherche-t-il ?

Quelqu'un qui n'est ni un ami ni de la famille, et ne me veut pas du bien. J'ignore pourquoi, mais j'ai cette intuition. Tout ce que je sais, c'est que j'ai peur. C'est plus que le simple inconfort de ne pas se souvenir.

Peut-être étaient-ce ces grands yeux humides posés sur lui ? Ou ses mains fines, nerveuses ? Toujours est-il que Cade ne résista pas au désir de frimer.

— Je peux déjà vous en dire un peu sur vous-même. Vous êtes une femme intelligente, entre vingt et vingt-cinq ans. Vous possédez un sens de la couleur et du style, et votre carnet de chèques est assez confortable pour que vous vous offriez des chaussures italiennes et des tailleurs de soie. Vous vous habillez bien, vos mains sont soignées, votre vernis à ongles discret. Vos bijoux sont des pièces uniques, très belles et sobres. Vous êtes sans doute organisée. Et vous aimez le chocolat.

Elle froissa l'enveloppe du chocolat entre ses mains.

— Qu'est-ce qui vous fait dire tout cela ?

— Vous parlez bien, même quand vous avez peur, poursuivit-il sans répondre à la question. Vous avez envisagé la situation pas à pas, avec logique. Vos préférences vont aux choses suggérées plutôt qu'aux affirmations péremptoires. De même que vous éludez mal certains points, vous ne savez pas mentir. Vous avez la tête sur les épaules, et ne paniquez pas facilement. Et vous ne me dites pas tout, parce que vous ne savez pas encore si vous pouvez me faire confiance.

— Devrais-je vous faire confiance ?

— Je ne vous ai pas forcée à vous adresser à moi.

Acquiesçant d'un signe de tête, elle se leva et se dirigea vers la fenêtre. La pluie tambourinait, maintenant, et elle porta la main à son front, comme si un vague mal de tête la tenaillait.

— Je ne reconnais pas la ville, murmura-t-elle. Et pourtant, je sens que je devrais. Je sais où je suis, parce que j'ai lu le *Washington Post*, ce matin : je sais à quoi ressemblent la Maison Blanche et le Capitole. Peut-être parce que je les ai vus à la télévision, ou dans un livre ?

Bien qu'il soit humide de pluie, elle s'accouda au bord de la fenêtre et parut en apprécier la fraîcheur.

— J'ai l'impression d'avoir atterri dans cette horrible chambre d'hôtel et de ne venir de nulle part. Et pourtant, je sais lire et écrire, marcher et parler. Le chauffeur de taxi écoutait la radio, et j'ai reconnu la musique. J'ai identifié l'odeur du café en pénétrant dans votre bureau, et elle m'était familière. Et quand la pluie s'arrêtera, je m'attends que le ciel soit bleu.

Elle poussa un soupir.

— En somme, je ne viens pas de nulle part. Il y a des choses que je connais, dont je suis sûre. Mais c'est mon visage qui ne me dit rien. Comme ce qu'il cache. Peut-être suis-je égoïste et calculatrice ? Cruelle même ? Il se peut que j'aie fait du mal à quelqu'un. Un mari que je trompe, des voisins que je me suis aliénés...

Quand elle se retourna, son visage exprimait tout à la fois de la détermination et de la fragilité.

— Je ne sais pas si je vais aimer la personne que vous allez m'aider à découvrir, mais je dois savoir qui je suis.

Elle posa son sac sur le bureau, hésita brièvement puis l'ouvrit.

— Quant à vos honoraires... je pense en effet avoir de quoi les régler.

Cade appartenait à un milieu fortuné, où l'argent vieillit, prospère et se transmet de génération en génération. Pourtant, jamais il n'en avait vu autant à la fois. Car le sac de toile était plein de liasses de billets de dix dollars. Tous craquants et propres. Fasciné, il saisit une liasse et la fit glisser entre ses doigts. Pas de doute, sur chaque billet s'étalait bien le visage familier et digne de Ben Franklin.

— Il doit y avoir un million de dollars, murmura-t-il.

— Un million deux cent mille, confirma-t-elle en frissonnant. J'ai compté. Je ne sais pas d'où provient cet argent. Je l'ai peut-être volé.

Les larmes coulèrent de nouveau et elle se détourna.

— C'est peut-être une rançon. J'aurais kidnappé un enfant, qui serait retenu quelque part, en ce moment, alors que je viens de toucher l'argent...

— Ajoutons une imagination débordante au portrait que j'ai brossé de vous, répondit Cade avec calme et amusement.

La jeune femme réagit.

— Il y a une fortune dans ce sac ! objecta-t-elle, comme pour souligner la gravité du fait.

— Désolé, Virginia, mais vous n'avez rien du kidnappeur froid et calculateur.

— Pourriez-vous vérifier discrètement s'il y a eu un rapt ces jours-ci ?

— Bien sûr. Si la police a été prévenue, je peux obtenir quelques informations.

Luttant visiblement pour demeurer calme, elle plongea de nouveau la main dans son sac de toile. Cette fois-ci, elle en extirpa un .38.

— Et s'il y a eu meurtre ?

Prudent, Cade détourna le barillet et prit l'arme. C'était un Smith et Wesson dans lequel — il eut tôt fait de le vérifier — il ne manquait pas une balle.

— Qu'avez-vous ressenti en le tenant entre vos mains ? demanda-t-il. Le poids, la forme ?

La question parut la dérouter, mais elle fit de son mieux pour y répondre.

— Pas aussi lourd que j'aurais cru. Je m'attendais à davantage de substance. Ça me gênait d'avoir ça entre les mains.

— Alors que le stylo vous a paru naturel.

Cette fois-ci, elle passa ses deux mains dans ses cheveux.

— Où voulez-vous en venir ? Je vous sors plus d'un million de dollars, et vous me parlez de stylo !

— Lorsque je vous ai tendu un stylo, cela ne vous a pas posé de problème. Vous l'avez pris et utilisé très naturellement.

Il eut un petit sourire, et glissa le revolver dans sa poche au lieu de le replacer dans le sac.

— J'en déduis que vous êtes plus à l'aise avec un stylo qu'avec un.38.

La simple logique de ce raisonnement soulagea manifestement l'inconnue. Mais sans dissiper tous les nuages.

— Vous avez peut-être raison. Mais ça ne veut pas dire que je ne m'en suis pas servie, répondit-elle.

— En effet. Et puisque vous l'avez touché, on ne peut pas prouver que vous ne l'avez pas utilisé. Je vérifierai s'il est enregistré, et au nom de qui.

Les yeux de la jeune femme s'éclairèrent d'espoir. Elle tendit la main, saisit celle de Cade et la pressa dans un geste spontané.

— Il se peut qu'il m'appartienne. Dans ce cas, nous aurions un nom. Le mien. Je n'avais pas conscience que ça pouvait être aussi simple.

— Ça peut être simple. Ou pas.

Elle libéra la main de Cade et se mit à arpenter la pièce. Ses mouvements étaient nets, maîtrisés, nota-t-il.

— Vous avez raison. Je m'emballe. Mais ça aide tellement de pouvoir parler à quelqu'un ! Quelqu'un qui sait résoudre les problèmes. Je ne semble pas capable de recomposer seule le puzzle, monsieur Parris.

— Appelez-moi Cade.

Elle prit une profonde inspiration.

— Cade. C'est bon d'appeler quelqu'un par son prénom. Vous êtes la seule personne que je connaisse. La seule avec laquelle je me rappelle avoir conversé. C'est à la fois bizarre et réconfortant.

— Et si je devenais la première personne avec laquelle vous vous souveniez avoir déjeuné ? Vous avez l'air épuisée, Virginia.

Comme il était étrange d'entendre le détective utiliser ce nom pour s'adresser à elle. Parce que c'était tout ce qu'elle possédait, elle s'efforça de se convaincre qu'il s'agissait bien du sien.

— Je suis fatiguée. Je n'ai pas le sentiment d'avoir beaucoup dormi. Et je ne sais pas quand j'ai mangé pour la dernière fois.

— Que diriez-vous d'œufs brouillés ?

Un sourire fugace dansa sur les lèvres de Virginia.

— Jamais entendu parler.

— Nous allons découvrir ça ensemble.

Cade souleva le sac. La main de la jeune femme se posa sur la sienne.

— Il y a autre chose, dit-elle.

Elle observa un moment de silence, pendant lequel elle fixa Cade d'un long regard pénétrant. Elle fouillait, évaluait, décidait, apparemment. Mais elle semblait aussi savoir qu'il n'y avait pas d'alternative : il était sa seule chance.

— J'ai besoin d'une promesse de votre part. Même si ce que je vous demande n'est pas tout à fait réglementaire... Si, au cours de votre enquête, vous découvrez que j'ai commis un crime, promettez-moi de ne pas me livrer à la police avant d'avoir élucidé tous les faits, y compris les circonstances exactes du crime.

Cade inclina la tête.

— Vous semblez croire que je vous dénoncerai ?

— Si j'ai enfreint la loi, je trouve normal

que vous me livriez à la police. Mais d'abord, je veux connaître les tenants et les aboutissants. Ai-je votre parole ?

— Bien sûr, dit-il en lui prenant la main.

Une main délicate, mais ferme. Quant à la femme elle-même, pensa-t-il, elle était un fascinant mélange de fragilité et d'intransigeance.

— Pas de flic avant que toute l'affaire soit élucidée, confirma-t-il. Vous pouvez me faire confiance.

Cette fois, dans un élan aussi naturel que la couleur de ses yeux, elle l'embrassa sur la joue.

— Vous êtes très gentil… Une dernière chose. La plus importante, je pense.

Elle enfouit la main dans son sac de toile, chercha à tâtons, et sortit une pochette d'épais velours, apparemment lourde comme une bourse miniature. Avec d'infinies précautions et une sorte de révérence inquiète, elle défit le cordon de la pochette et en fit glisser le contenu dans le creux de sa main.

L'argent avait surpris Cade. Le revolver l'avait inquiété. Mais ce qu'il vit alors le stupéfia : une pierre énorme explosait en mille éclats de feu dans la paume de Virginia. Sa pureté irradiait, éblouissante, somptueuse. On eût dit qu'elle possédait des pouvoirs tant elle était impressionnante par la taille et la couleur. De ses angles aigus, elle capturait la moindre particule de lumière pour la réfléchir comme on jetterait une lance aussi affutée qu'étincelante. Cette pierre était digne de la couronne d'une reine, du sein d'une déesse.

— Je n'ai jamais vu de saphir aussi gros.

— Ce n'est pas un saphir. C'est un diamant bleu d'environ cent carats. De taille brillant. Il vient très probablement d'Asie Mineure. Pas d'inclusions visibles à l'œil nu. C'est une rareté aussi bien par la couleur que par le poids. J'estime sa valeur à au moins trois fois la somme d'argent qui se trouve dans mon sac.

Cade ne regardait plus le diamant, mais la jeune femme : comment cette amnésique pouvait-elle détailler les caractéristiques de cette pierre dans le jargon technique d'un véritable gemmologiste ? Elle dut deviner ses interrogations, car elle leva les yeux vers lui et déclara :

— J'ignore comment, mais je le sais. De même que je suis sûre qu'il... qu'il n'est pas... pas tout à fait *complet*.

— Que voulez-vous dire ?

— Si seulement je le savais... C'est un senti-ment très fort. Une quasi-certitude. Cette pierre *doit* faire partie d'un ensemble. De même, j'ai la conviction qu'elle ne peut m'appartenir. Elle n'appartient à personne. Per-so-nne, répéta-t-elle en séparant les syllabes. L'aurais-je volée ?

Elle serra les lèvres, releva le menton, puis murmura :

— J'ai peut-être tué quelqu'un, pour cette pierre.

Chapitre 2

Cade la conduisit chez lui. La meilleure option lui paraissait en effet de la cacher. Et, surtout, il voulait de toute urgence mettre le sac de toile et son contenu à l'abri dans son coffre-fort. Simplement, il se demandait comment elle allait réagir...

Elle ne réagit pas.

Virginia n'avait pas protesté lorsqu'ils avaient quitté l'immeuble, n'avait fait aucun commentaire lorsqu'il lui avait ouvert la portière de la petite Jaguar rutilante garée sur le parking attenant au bâtiment. En général, il prenait sa discrète berline pour travailler, mais puisqu'elle se trouvait chez le garagiste, il en était réduit à utiliser sa voiture de sport.

De même, Virginia ne pipa mot quand ils s'engagèrent dans le joli quartier résidentiel, ombragé d'arbres gracieux, orné de gazons bien entretenus, pour s'arrêter dans l'allée d'une belle maison de style fédéral. Cade s'était préparé à lui expliquer qu'il en avait hérité d'une vieille tante qui avait un faible pour lui. Et qu'il vivait là pour le calme et le côté pratique de ce quartier chic au cœur de Washington.

Mais elle ne posa aucune question.

En fait, Virginia semblait épuisée. L'énergie qui l'avait poussée à sortir sous la pluie pour se rendre jusqu'à son agence s'était tarie, apparemment, la laissant sans ressort.

Et fragile.

Alors, il dut faire un effort pour résister à l'instinct de la prendre dans ses bras pour la transporter jusqu'à la maison. Il voyait la scène clairement. Le preux chevalier, le champion de sa dame, l'emportant dans ses bras jusqu'à la sécurité du château, hors de portée des dragons qui la menaçaient ! Au lieu de cela, il souleva le sac de toile, prit Virginia par la main et la conduisit jusqu'à sa cuisine.

— C'est parti pour les œufs brouillés ! annonça-t-il en installant la jeune femme sur une chaise près de la table.

Vidée, l'esprit vague, Virginia se sentait extrêmement reconnaissante. Le détective ne la harcelait pas de questions, et n'avait paru ni choqué ni épouvanté par son histoire. Peut-être cela tenait-il à la nature même de sa profession ? Quelle qu'en soit la raison, elle lui savait gré de lui offrir l'occasion de se ressaisir. Il prenait soin d'elle, et elle le laissait faire.

Virginia ferma les yeux. Etait-elle du genre à se faire dorloter par un homme ? A jouir du rôle de la femme enfant ? De toutes ses forces elle espéra que non. Puis se demanda pourquoi un détail si mineur lui importait tant — au moins autant que de savoir si elle avait tué ou volé.

Plus tard, elle se surprit à étudier ses mains, ses ongles courts, limés en arrondi, couverts d'un vernis clair. Trahissaient-ils sa personnalité ? Les mains étaient douces, mais pas manucurées avec le soin d'une femme qui ne les utilise jamais. Etait-elle du genre pratique, active ? Il paraissait cependant peu probable qu'elle exerce un métier manuel.

Les bagues..., songea-t-elle alors. Très jolies. Pas forcément originales mais certainement des pièces uniques. Et elle savait le nom des pierres. Grenat, citrine, améthyste. Comment connaissait-elle le nom de ces gemmes, alors qu'elle ne se souvenait pas même du visage de sa meilleure amie ?

D'ailleurs, avait-elle des amis ?

Etait-elle une femme généreuse ou une garce ? Une personne compatissante ou chicanière ? Riait-elle et pleurait-elle facilement au cinéma ? Aimait-elle un homme et en était-elle aimée ? Avait-elle vraiment volé plus d'un million de dollars, et s'était-elle vraiment servie de ce revolver ?

Elle sursauta quand Cade plaça une assiette en face d'elle, puis s'apaisa dès qu'il posa la main sur son épaule.

— Vous avez besoin de vous restaurer.

— Merci, murmura-t-elle.

Prenant sa fourchette, elle porta une bouchée jusqu'à ses lèvres et goûta.

— J'aime ça…

Le sourire hésitant, timide qu'elle lui décocha toucha Cade en plein cœur. Il s'assit, une chope de café à la main, et plaisanta pour dissiper l'émotion.

— Je suis connu dans le monde civilisé pour mes œufs brouillés, dit-il.

Le sourire de Virginia s'épanouit.

— Ça ne m'étonne pas. La pointe d'aneth et de paprika est très bien venue.

Elle continua à manger, réconfortée par l'intimité chaleureuse qui s'établissait entre eux.

— Vous cuisinez beaucoup ?

Du regard, elle fit le tour de la cuisine. Des éléments gris clair, du bois chaud, une fenêtre sans rideaux au-dessus d'un double évier blanc. Une machine à café, un grille-pain, des journaux ouverts sur le comptoir de bois. Une pièce nette, mais pas d'une hygiène d'obsessionnel. En contraste complet avec le désordre oppressant de l'agence, cependant.

— Vous êtes marié ? demanda-t-elle.

— Divorcé. Et je cuisine quand je suis lassé de manger au restaurant.

Appuyé au dossier de sa chaise, Cade sirota son café tout en étudiant le visage de Virginia.

— Vous êtes belle.

Effarouchée, Virginia leva vers lui un regard méfiant.

— C'est une simple remarque, précisa-t-il pour la rassurer. Et un indice. Rappelez-vous que je travaille avec le peu que j'ai à me mettre sous la dent. Donc, disais-je, vous êtes belle, mais d'une beauté discrète. Vous ne cherchez pas à attirer l'œil, et vous ne prenez pas les compliments avec désinvolture. En fait, je viens même de vous rendre très nerveuse.

Virginia prit sa tasse entre ses deux mains et la porta à ses lèvres.

— C'est votre but ?

— Non. N'empêche qu'il est intéressant et plaisant de constater que vous rougissez et éprouvez de la suspicion au même moment. Détendez-vous. Je ne suis pas en train de vous faire la cour.

« Bien que l'idée en soit fascinante et excitante », admit-il *in petto*.

— Vous n'êtes pas non plus une femme facile, poursuivit-il. Je crains qu'un homme n'aille pas très loin avec vous en vous assurant que vous avez de beaux yeux. Pas davantage en vous disant que la pureté de votre regard combinée au charme rauque de votre voix est très érotique. De même que votre raffinement.

Bien que l'effort lui coûtât, Virginia ne baissa pas les yeux.

— On dirait bel et bien que vous cherchez à me séduire…

Les fossettes de Cade se creusèrent en un sourire craquant.

— Vous voyez, vous n'êtes pas une femme facile à conquérir. En revanche, vous êtes très polie, bien élevée. On sent la Nouvelle-Angleterre, dans votre voix.

Virginia dévisagea Cade sans comprendre.

— Votre accent trahit votre origine : le Connecticut ou le Massachusetts, je ne suis pas sûr. Mais il y a de l'éducation yankee, chez vous, dans vos intonations, surtout quand vous devenez froide.

— La Nouvelle-Angleterre ? J'ai beau chercher, je ne vois pas…

— Pour moi, c'est une pièce du puzzle. Vous respirez la classe. Innée ou acquise, je ne sais pas.

Se levant, Cade prit l'assiette vide de Virginia.

— Et pour le moment, vous avez besoin de dormir.

L'idée de retrouver sa chambre d'hôtel sordide fit frissonner Virginia.

— Voici le numéro de téléphone et l'adresse de l'hôtel où je me trouve, dit-elle. Appelez-moi si vous découvrez quoi que ce soit.

— Vous n'y retournez pas.

Cade prit Virginia par la main et l'aida à se lever. Puis il la guida hors de la cuisine.

— Vous restez chez moi. J'ai plein de place.

— Ici ?

— Il vaut mieux que je puisse vous avoir à l'œil.

Parvenus dans le hall, ils s'engagèrent dans l'escalier.

— Le quartier est calme et sûr. Mais tant que nous ne savons pas comment vous vous êtes trouvée en possession d'un million de dollars et d'un diamant gros comme le poing, je ne veux pas que vous vous baladiez dans les rues.

— Vous ne *voulez* pas ? Vous *voulez* pour quelqu'un que vous ne connaissez même pas !

— Vous non plus ne me connaissez pas ! Encore une chose sur laquelle nous devrons travailler.

Il ouvrit la porte d'une chambre où la lumière tamisée filtrait à travers les rideaux de dentelle et jouait sur le parquet de chêne. De petits fauteuils tapissier et une table basse étaient disposés autour de la cheminée. Sur le lit confortable s'étalaient un quilt traditionnel et des coussins ventrus.

— Reposez-vous, conseilla-t-il. La salle de

bains est attenante. Je vais vous trouver des vêtements de rechange.

Virginia sentit les larmes lui nouer la gorge. Des larmes de peur, de gratitude et de fatigue.

— Vous invitez toujours vos clientes chez vous ?

Cade caressa la joue de Virginia, et comme montait en lui le désir de la tenir dans ses bras, de sentir sur son épaule le poids de sa tête, il laissa retomber sa main.

— Seulement celles qui en ont besoin. Je serai en bas. J'ai des choses à faire.

Tendant les mains, Virginia prit celle de Cade et la garda un moment entre les siennes.

— Merci pour tout. On dirait que je ne me suis pas trompée en choisissant votre nom dans l'annuaire.

— Dormez. Laissez-moi prendre en charge vos soucis, pour l'instant.

— D'accord. Ne fermez pas la porte, demanda-t-elle précipitamment alors qu'il quittait la pièce.

Se retournant, Cade étudia la silhouette si délicate de cette femme perdue dans la pénombre. Puis il sortit, laissant la porte grande ouverte.

Virginia écouta le bruit de ses pas s'éloigner avant de s'asseoir sur le banc rembourré au pied du lit. Sans doute était-elle folle de faire

confiance à cet homme, de remettre sa vie entre
des mains étrangères aussi complètement qu'elle
venait de le faire. Cependant, Cade Parris lui
faisait vraiment impression. Pas seulement
parce que, pour l'instant, son monde d'amnésique se réduisait à lui et à ce qu'elle lui avait
confié, mais parce que son instinct de femme,
d'être humain, l'y poussait. Peut-être était-ce
foi aveugle et espoir insensé, mais il semblait
impossible à Virginia de survivre un instant
de plus sans cette foi et cet espoir. De sorte
que son avenir dépendait maintenant de Cade
Parris, de sa capacité à organiser son présent,
et à déchiffrer son passé.

Elle enleva ses chaussures, ôta sa veste, qu'elle
plia sur le banc. Etourdie de fatigue, elle s'allongea sur le lit et s'endormit dès que sa joue
toucha l'oreiller.

Au rez-de-chaussée, Cade releva les empreintes
digitales de Virginia sur sa tasse. Il savait où
les faire analyser vite et en toute discrétion. Si
elle avait un casier judiciaire ou avait travaillé
un jour ou l'autre pour le gouvernement, elle
serait rapidement identifiée.

Il consulterait la liste des personnes disparues. Cela non plus ne posait pas de problème.
L'argent et le diamant le lançaient sur une autre

piste. Le vol d'une pierre de cette taille ne passait pas inaperçu. Il fallait en outre vérifier les informations que Virginia lui avait fournies sur le diamant, puis faire quelques recherches. Vérifier le numéro d'enregistrement du revolver. Vérifier ses sources concernant les homicides récents avec un.38.

Toutes ces démarches auraient gagné en efficacité s'il avait pu les accomplir en personne plutôt que par téléphone ou à l'aide de l'ordinateur. Cependant, il ne voulait pas laisser Virginia seule pour le moment. Elle pourrait paniquer et se volatiliser. Pas question de prendre le risque. Il était tout à fait possible qu'elle se réveille, se souvienne de son identité, et reprenne le cours normal de sa vie avant même qu'il ait eu le temps de la sauver.

Or il tenait à la sauver.

Tandis qu'il enfermait le sac de toile dans son coffre-fort, allumait son ordinateur, gribouillait quelques notes, une pensée lui vint à l'esprit : Virginia avait peut-être un mari, des enfants, des amants jaloux ou un casier judiciaire bourré à craquer. Mais il s'en moquait éperdument. Elle était sa dame en détresse envoyée par le destin, ou le hasard, ou qu'importe ; elle était la femme qu'il attendait depuis toujours et, bon sang, il la protégerait !

Il passa plusieurs coups de téléphone, puis

s'arrangea pour faire parvenir les empreintes à son contact au commissariat. Cette petite faveur lui coûterait une bouteille de whisky, mais dans la vie, rien n'est gratuit, n'est-ce pas ?

— Au fait, Mick, tu as entendu parler d'un casse dans une joaillerie ?

A l'autre bout du fil, il imaginait très bien l'inspecteur Mick Marshall, le combiné coincé entre l'oreille et l'épaule, un stylo à la main, ses cheveux roux dressés en brosse sur la tête.

— Tu es sur un coup, Parris ?

— Une rumeur. S'il se passe quelque chose d'important, j'aurais besoin qu'on m'introduise auprès de l'assureur. Il faut bien que je paie mon loyer, vieux.

— Bon sang ! Pourquoi n'achètes-tu pas l'immeuble ? Tu es suffisamment riche pour ça !

— Je suis un excentrique. C'est ainsi qu'on appelle les riches de mon espèce qui fricotent avec des types comme toi ! Alors, qu'est-ce que tu sais ?

— Rien.

— Bon. J'ai un Smith et Wesson.38 spécial. Tu peux le vérifier pour moi ?

— Deux bouteilles de scotch.

— Ben voyons ! Comment va Doreen ?

— Insolente comme jamais. Depuis que tu lui as apporté ces maudites tulipes, j'en entends parler tous les jours ! Selon elle, j'ai largement le temps de lui acheter des fleurs avant de rentrer le soir à la maison. C'est *trois* bouteilles que je devrais exiger de toi.

— Si tu entends parler du vol d'un énorme diamant, tu auras une caisse entière de whisky. A bientôt.

Après avoir raccroché, Cade jeta à son ordinateur un regard hargneux. Il importait de trouver un moyen terme avec lui pour entreprendre la recherche suivante.

Il lui fallut trois fois plus de temps qu'à un enfant de six ans pour insérer son CD-Rom, lancer la recherche et trouver ce qui l'intéressait.

L'amnésie.

Il but un café et, en quelques minutes, il en apprit bientôt plus sur le cerveau humain que pendant toute son existence. L'espace d'une poignée d'instants désagréables, il craignit le pire : Virginia avait une tumeur au cerveau. Il envisagea également l'horrible perspective d'en avoir une lui-même. Le corps humain, avec ses ruses et ses bombes à retardement, était décidément par trop effrayant, conclut-il. Il préférait de loin affronter un revolver chargé plutôt que les caprices de ses propres organes internes !

Il en arriva finalement à la conclusion rassurante que Virginia n'était pas atteinte d'une tumeur. Son cas relevait plutôt de l'amnésie hystérique, qui se résolvait en général dans les heures qui suivaient le traumatisme, mais pouvait aussi prendre des semaines. Des mois. Des années. Ce qui le renvoyait à la case départ. Le CD médical indiquait que l'amnésie était un symptôme plutôt qu'une maladie. Le traitement impliquait la découverte de la cause de l'amnésie, et la suppression de cette cause.

C'est là qu'il intervenait. Car, à ses yeux, un détective privé était tout aussi qualifié qu'un médecin pour régler le problème de Virginia.

Alors, il tapa laborieusement ses notes sur l'ordinateur. Une espèce de première esquisse du « Portrait de Virginia »

Tout paraissait familier, si étrangement familier…

La pièce sombre, la lumière dure en provenance de la lampe posée sur le bureau. L'éléphant.

Comme c'était étrange. L'éléphant semblait lui sourire, ses yeux brillaient d'un secret amusement.

Un rire de femme… Lui aussi familier, et tellement réconfortant. Un rire amical, intime, et une voix qui disait :

« Il faut que tu ailles à Paris, Virginia. On ne va pas encore passer deux semaines à te regarder creuser la terre ! Tu as besoin de romance, de passion, de sexe. Ce qu'il te faut, c'est Paris ! »

Un triangle d'or scintillant.

Une pièce emplie d'une vive clarté, aveuglante.

Un homme qui n'est pas un homme, avec un visage si bon, si avisé, si généreux que l'âme vibre à son contact. Et le triangle doré qu'il tient entre ses mains, qu'il offre. Le pouvoir stupéfiant de ce triangle, l'impact d'un bleu riche des pierres nichées à chaque angle. Et les pierres brillent et semblent palpiter comme un cœur, et semblent bondir dans l'air comme des étoiles filantes qui éparpillent la lumière.

Leur beauté brûle les yeux.

Virginia les tient entre ses mains, elles tremblent. Colère. Terrible. Qui bouillonne en elle. Et la peur, la panique, la fureur. Les pierres jaillissent de ses mains, d'abord une, puis deux. Elles s'envolent, tels des oiseaux. Sa main ouverte, protectrice, en garde une — la troisième — pressée contre son cœur.

Des éclairs d'argent surgissent de toutes parts. Le roulement de tambours fait trembler le sol. Du sang ! Du sang, partout, s'écoule en une rivière hideuse.

Mon Dieu ! Que c'est gluant. Démoniaque. Elle court, trébuche, le cœur battant à se rompre.

Obscurité. La lumière a disparu, les étoiles ont disparu. Elle court le long d'un corridor, et ses talons hauts résonnent. « Lui », il la suit, la pourchasse dans le noir tandis que les murs se resserrent autour d'elle !

Elle entend l'éléphant barrir. Elle rampe et se cache comme un animal, frissonnant et poussant de petits cris de bête tandis que l'éclair la dépasse...

... — Réveillez-vous, mon cœur. Ce n'est qu'un mauvais rêve.

Elle se hissa hors du noir en direction de la voix calme et ferme, et enfouit son visage moite au creux de l'épaule solide et large.

— Du sang. Tout ce sang... Frappée par l'éclair... Il vient. Il est tout près !

— Il est parti, à présent. Vous êtes en sécurité.

Cade pressait ses lèvres contre les cheveux de Virginia, la berçait. Quand il s'était glissé dans la pièce pour lui apporter une robe de chambre, elle pleurait dans son sommeil. Maintenant, elle se cramponnait à lui, tremblante. Il lui souleva la tête et la plaça sur ses genoux, comme on le fait pour un enfant.

Ballottée entre rêve et réalité, elle s'agitait sans trêve.

— Les étoiles. Trois étoiles. Je dois me rendre à Paris.

— C'est fait ! s'amusa-t-il. Je suis là.

L'embrassant de nouveau sur la tempe, il

attendit que ses yeux s'éclaircissent, retrouvent leur netteté.

Elle se redressa et appuya la tête sur son épaule, juste comme il l'avait imaginé un peu plus tôt.

— Ne partez pas, supplia-t-elle avec un frisson.

L'impact de ces mots sur Cade fut immédiat et dévastateur. Le coup de foudre devait ressembler à cela, songea-t-il en même temps qu'il se surprenait à dire :

— Je vais prendre soin de vous.

Oui, le coup de foudre devait ressembler à l'émotion violente qu'il éprouvait, et avoir un pouvoir très spécial. Car les simples mots que Cade venait de prononcer apaisèrent aussitôt les tremblements de Virginia. Elle se détendit, lovée contre lui, et garda les yeux fermés.

— Mon rêve était si embrouillé, si effrayant que je n'y comprends rien.

— Racontez-le-moi.

Il l'écouta attentivement tandis qu'elle luttait pour se rappeler les détails, les mettait en ordre.

— Je ressentais des émotions contradictoires. La colère, le choc, le sentiment d'être trahie, la peur. Et puis la terreur pure et simple.

— Ça expliquerait l'amnésie. Vous n'êtes pas prête à affronter tous ces événements, alors vous les supprimez. C'est une sorte d'hystérie.

Virginia ouvrit de grands yeux.

— Hystérique, moi ?

D'une main distraite, Cade lui caressa la joue.

— Façon de parler.

D'un geste ferme et délibéré, Virginia le repoussa.

— Le terme ne me convient pas.

— Je l'emploie au sens strictement médical, assura Cade. Vous n'avez pas reçu un coup sur la tête, par hasard ?

Virginia devint glaciale.

— Pas que je me souvienne. Mais je suis hystérique, après tout.

— Ne vous vexez pas ! Mon CD-Rom médical dit que l'amnésie peut résulter d'un coup. Elle peut aussi provenir d'un désordre nerveux fonctionnel appelé hystérie, si vous me passez le terme.

— Je ne suis pas hystérique ! Bien que je puisse le devenir, s'il vous faut une démonstration.

— Des démonstrations d'hystérie, j'en ai eu des tonnes. J'ai des sœurs, vous savez.

Cade fit une coupe de ses mains autour du visage de Virginia — de façon si désarmante que les prunelles de la jeune femme s'embuèrent.

— Vous avez des ennuis, poursuivit-il, et nous allons les régler.

— En me retenant sur vos genoux ?

— C'est un petit à-côté.

Le sourire pâlit sur les lèvres de Virginia.

Quand elle fit mine de se détourner, Cade resserra son étreinte.

— Un à-côté qui me plaît beaucoup, ajouta-t-il.

Virginia lut alors dans les yeux de Cade davantage que de l'amusement, quelque chose qui accéléra son pouls.

— Ce n'est pas raisonnable de votre part de flirter avec une femme qui ne sait pas qui elle est.

— Peut-être pas raisonnable, mais c'est drôle. Et ça détourne vos pensées de vos problèmes.

Charmée... En fait, Virginia se sentait charmée par la façon de parler de ce détective, par sa manière d'aborder les choses et par ces fossettes qui se creusaient à chaque sourire en coin. Quelle bouche... Une bouche faite pour donner des baisers et en inspirer aux femmes, mobile, virile, gourmande. Virginia n'imaginait que trop bien avec quelle fougue cette bouche se marierait à la sienne.

Peut-être parce qu'elle ne se souvenait d'aucun baiser, d'aucun homme, d'aucun amant. Quel goût avait la bouche d'un homme ? Elle n'en savait rien. En fait, Cade Parris serait le premier.

A cette pensée, elle sentit monter le long de sa colonne vertébrale un frisson d'excitation.

Quant à Cade, il laissa son regard glisser lentement des yeux de Virginia jusqu'à ses lèvres, avant de revenir à ses yeux. Il imaginait parfaitement, de son côté aussi, ce que serait un baiser, avec elle, ainsi que le tonnerre et les éclairs qui accompagneraient très probablement cette première rencontre intime.

— On essaie ? demanda-t-il, comme si cette simple allusion suffisait à ce qu'ils se comprennent.

Un désir, riche, violent, choquant, envahit Virginia, lui aiguisa les nerfs, ôtant toute force de résistance à son corps conquis. Elle était seule avec lui, Cade Parris, cet étranger entre les mains de qui elle avait placé sa vie. Cet homme dont elle savait plus de choses que d'elle-même. Allait-elle succomber ?

— Je ne peux pas.

Elle posa la main sur le torse de Cade, surprise de constater que, en dépit du calme de sa voix, il était ému au point que son cœur batte très fort. Alors, cela lui donna le courage d'être honnête.

— J'ai peur de le faire.

— Selon mon expérience, embrasser quelqu'un n'a rien d'effrayant. Sauf s'il s'agit d'un baiser de ma grand-mère Parris.

De nouveau, Virginia sourit, et cette fois-ci, lorsqu'elle se détourna en évitant le regard de Cade, le détective la laissa lui échapper.

— Ne compliquons pas davantage les choses, conclut-elle. Maintenant, j'aimerais prendre une douche, si vous n'y voyez pas d'inconvénient.

— Bien sûr. Je vous ai apporté une sortie de bain, et un de mes jeans. Il suffira de rouler un genre de revers, en bas, pour qu'il soit à votre taille. En guise de ceinture, je n'ai trouvé que la corde à linge. Vous lancez une mode !

— Vous êtes adorable.

— C'est ce qu'elles disent toutes.

Sur ce, Cade se ferma au désir qui couvait en lui et se leva.

— Pouvez-vous rester seule une heure ? demanda-t-il. J'ai encore deux ou trois choses à régler.

— Ne vous inquiétez pas. Je me débrouillerai très bien.

— Promettez-moi de ne pas quitter la maison.

Virginia leva les mains en signe d'impuissance.

— Où irais-je ?

— Promettez.

— Entendu. C'est promis.

Parvenu à la porte, Cade fit une pause.

— Virginia ? Songez-y tout de même…

Elle n'eut pas besoin de le faire préciser sa pensée. Elle saisit au vol le sourire prometteur, la lueur provocante dans le regard, et comprit. Et quand elle s'approcha de la fenêtre pour le regarder prendre sa voiture et s'éloigner, elle pensait déjà. A lui. A leur baiser.

Quelqu'un d'autre pensait. Mais à elle. Des pensées sombres, empreintes de vengeance. Elle lui avait glissé entre les doigts, et avec elle la récompense et le pouvoir qu'il convoitait.

Il avait déjà fait payer au responsable le prix de l'incompétence, mais cela ne suffisait pas. On la trouverait, elle, et elle paierait. De sa vie, bien entendu, mais de bien davantage aussi.

Elle souffrirait d'abord. Connaîtrait la peur. Seul cela le satisferait.

L'argent qu'il avait perdu n'était rien, presque aussi insignifiant que la vie d'une femme sotte. Mais elle avait entre ses mains ce qu'il convoitait, ce qu'il était destiné à posséder. Il reprendrait son dû.

Il y en avait trois. Individuellement, elles valaient une fortune. Mais, ensemble, leur valeur atteignait des sommes inimaginables. Il avait déjà pris des mesures pour récupérer les deux qu'elle avait sottement essayé de lui cacher.

Cela demanderait du temps, évidemment. Mais il les récupérerait. Il convenait d'être prudent, de n'agir qu'à coup sûr, de rester à l'écart de la violence dont il faudrait éventuellement user.

Sous peu, deux éléments du triangle lui appartiendraient, deux étoiles bleues, de pures beautés, de pures lumières et de pures puissances.

Il était assis dans la pièce qu'il avait fait construire pour ses trésors, ceux qu'il avait acquis, volés ou obtenus de manière sanglante.

Bijoux, tableaux, statues et fourrures de prix…
Une caverne d'Aladin.

Hélas, l'autel qu'il avait conçu pour accueillir sa possession la plus convoitée demeurait vide.

Mais bientôt…

Il aurait les deux, et lorsqu'il aurait mis la main sur la dernière, il serait immortel.

La femme, elle, serait morte.

Chapitre 3

« C'est mon corps », songea Virginia en s'exa-
minant dans le miroir de la salle de bains, et il
faudrait bien qu'elle s'y habitue. Dans la glace
embuée, sa peau apparaissait ivoire, lisse, sans
aucune marque de maillot. Pas de séances d'UV
ni de bronzage sur la plage, donc. D'un geste
pudique, elle posa une main sur sa poitrine.
Des doigts longs. Des seins plutôt petits. Les
bras étaient un peu minces, jugea-t-elle avec un
froncement de sourcils. Pas de gras à la taille
ni aux cuisses, des hanches fermes. Ce qui
signifiait qu'elle faisait sans doute de l'exercice.
Combien mesurait-elle ? Un mètre soixante-
cinq, à peu près. Dommage qu'elle ne soit pas
plus grande. Quand une femme est contrainte
de repartir de rien à vingt ans largement passés,
songea Virginia, elle devrait au moins pouvoir,
en compensation, choisir son corps. Des seins
plus généreux, des jambes plus longues auraient
été à son goût.
Toute à son examen, Virginia se tourna pour

s'étudier de dos. La surprise la laissa bouche bée : elle portait un tatouage sur la fesse ! Une licorne ! Comment en était-elle arrivée à décorer ainsi son corps et, surtout, à accepter d'exposer une partie intime de son anatomie à l'artiste qui avait réalisé ce tatouage ?

Embarrassée, elle s'entoura d'une serviette et quitta la salle de bains.

Elle passa quelque temps à ajuster le jean et la chemise que Cade lui avait prêtés, suspendit son tailleur, lissa le couvre-lit. Puis elle poussa un profond soupir et passa une main dans ses cheveux mouillés. Si elle ne trouvait pas une distraction, elle se tourmenterait de nouveau, à penser à son sac plein de millions, à de gros diamants bleus, à des meurtres et à des tatouages.

Cade lui avait demandé de ne pas quitter la maison, mais ne lui avait pas intimé de rester dans la chambre. Alors, sortant de la chambre à pas lents, elle prit conscience de l'aisance avec laquelle elle évoluait seule dans la demeure. Cela venait de ses sentiments envers Cade, supposa-t-elle. Depuis le premier instant ou presque, elle lui avait accordé sa confiance. Probablement parce qu'elle ne pouvait se confier à personne d'autre. Mais aussi parce qu'il lui semblait gentil, attentionné. Intelligent et logique aussi. Et puis, il possédait un sourire magnifique, malicieux et sensuel, et un regard pénétrant.

Ses épaules étaient solides, et il ne manquait pas de caractère. Avec ça, il avait des fossettes qui la faisaient fondre de tendresse.

Virginia hésita, puis se posta sur le seuil de la chambre de Cade. L'envie d'entrer la démangeait. Seulement, mettre son nez dans les affaires des autres lui semblait une indélicatesse. Etait-elle grossière, insouciante des sentiments et de l'intimité d'autrui ? Peut-être. De toute façon, elle ne pouvait pas résister à son besoin désespéré de remplir tous les blancs de sa vie et donc de fouiller. Or, Cade avait laissé sa porte ouverte.

Elle en franchit le seuil.

C'était une très belle pièce, pleine de lui. Un jean jeté sur le dossier d'un fauteuil, des chaussettes par terre. De la menue monnaie et des boutons de manchettes sur une table. Une magnifique commode ancienne, qui contenait sans doute beaucoup de choses lui appartenant. L'envie d'ouvrir les tiroirs la traversa, mais elle se retint de passer à l'acte. Elle considéra le lit : large, défait, tendu de draps froissés bleu marine qu'elle effleura de la main et tout imprégnés de l'odeur de Cade — un léger parfum mentholé.

Dormait-il nu ? En même temps que l'insolite pensée surgissait dans son esprit, Virginia se surprit à rougir. Alors, elle se détourna pour reprendre son inventaire de la pièce. Il y avait là une charmante cheminée en brique, surmontée d'un manteau en pin ciré. Des livres s'entassaient en vrac sur une étagère. Virginia en parcourut les titres, se demandant si elle avait lu ces ouvrages. Les goûts du détective allaient de toute évidence aux romans policiers et aux récits de faits divers tragiques. Certains auteurs sonnaient familièrement à l'esprit de Virginia. Cela la soulagea.

D'un geste automatique, elle ramassa une tasse sale et une canette de bière vide, et les descendit dans la cuisine. Elle n'avait pas prêté attention à la maison en y pénétrant, plus tôt dans l'après-midi, mais maintenant, elle en remarquait avec admiration les lignes simples et élégantes, les jolies fenêtres avec leurs voilages classiques, les meubles bien cirés.

Elle rinça la tasse dans l'évier, puis continua son tour de la maison. Et là, moins de dix minutes lui suffirent pour parvenir à la conclusion qui ne cherchait qu'à s'imposer, désormais : à savoir que, en dépit du misérable bureau qui lui servait d'agence, Cade Parris croulait sous l'argent.

En fait, la maison regorgeait de trésors. Peut-être Virginia ne comprenait-elle pas le sens de la licorne qui ornait sa fesse, mais elle connaissait — comment ? mystère... — la valeur d'un dessus de bureau en cerisier marqueté de style fédéral. Elle n'aurait su dire où elle avait acquis cette expertise, et cependant elle reconnut aussi des vases de Waterford, de l'argenterie géorgienne, de la porcelaine de Limoges. Quant au paysage de Turner, accroché au mur, elle doutait fort que ce fût un faux.

Elle regarda dehors par une fenêtre. Une pelouse bien entretenue, de vieux arbres majestueux, des roses en pleine floraison...

L'inévitable question se posa à elle : pourquoi un homme qui vivait dans une telle harmonie avait-il choisi pour lieu de travail un placard étouffant et exigu ?

Ses réflexions lui tirèrent un sourire. Dans le fond, Cade Parris était une sorte d'énigme, au même titre qu'elle ! Cela lui apportait un certain réconfort. Une espèce de soulagement.

De retour dans la cuisine, elle sursauta comme un chat qu'on arrose : le répondeur venait de se mettre en route.

Une voix féminine exprimait une grande impatience.

— « J'ai laissé une demi-douzaine de messages à ton bureau, ce matin. Le moins que tu puisses faire est de me rappeler. Je doute que ceux que tu présentes pompeusement comme tes "clients" t'occupent au point de ne pouvoir téléphoner à ta propre mère ! »

Après un long soupir douloureux, la voix reprit :

— « Je sais que tu n'as pas contacté Pamela pour ce soir. Tu me mets dans une situation très embarrassante. Je pars jouer au bridge chez Dodie. Tu peux m'y joindre jusqu'à 4 heures. A propos, Muffy est furieuse contre toi. »

Fin du message.

Virginia resta perplexe. Bizarrement, il lui semblait avoir reçu pour son propre compte cette réprimande maternelle. Alors, avait-elle une mère qui harcelait, elle aussi, qui exigeait obéissance ? Qui s'inquiétait à son sujet ?

Perdue dans ses pensées, elle remplit une bouilloire, la mit sur le feu, et chercha les sachets de thé. Le téléphone sonna de nouveau.

— « Cade, c'est Muffy. Tu évites de répondre à nos appels, parce que tu es incapable d'affronter ta propre inconduite. Tu sais très bien que le récital de piano de Camilla avait lieu hier soir. Tu aurais tout de même pu te montrer, pour l'occasion, et faire preuve d'un peu de solida-rité familiale ! J'espère que tu auras la décence d'appeler ta nièce et de t'excuser. De toute façon, je refuse de te parler avant que tu l'aies fait. »

Clic.

Pas faciles, semblait-il, les relations familiales. Sans doute toutes les familles étaient-elles aussi complexes. De nouveau, des pensées liées à sa vie passée assaillirent Virginia : si elle avait un frère, le traitait-elle de façon rosse, comme Muffy ? Impossible de répondre…

Elle mit le thé à infuser, ouvrit la porte du frigo et y prit une tomate. Elle hésita sur le choix d'un condiment, se demanda si elle aimait le thé sucré ou non. Chaque petit détail était comme une brique dans la reconstruction de sa personnalité.

Comme elle coupait avec soin des rondelles de tomate, elle entendit la porte d'entrée claquer, et, soudain, son humeur s'égaya à l'idée de retrouver Cade. Juste avant que sa gorge ne se serre d'angoisse. Qu'est-ce qui l'assurait que c'était bien Cade, qui venait d'entrer ?…

Soudain, elle se sentit muette de peur. Sa main se crispa sur le manche du couteau, et elle se dirigea vers la porte de la cuisine. Une terreur profonde, incontrôlable, fit perler la sueur à son front. Son cœur cognait. Courir, fuir cette lumière aveuglante. Dans l'obscurité, avec sa propre respiration comme une forge dans sa tête. Du sang partout.

Ses doigts enserrèrent le bouton de la porte, puis le tournèrent tandis qu'elle s'apprêtait à fuir ou à se battre.

… Mais ce n'était que Cade.

Un sanglot soulagé s'échappa alors des lèvres de Virginia. Le couteau roula par terre, et la jeune femme se jeta dans les bras de son ange gardien.

— C'est vous. Vous.

La culpabilité aurait dû envahir Cade : il était cause d'une grande frayeur, manifestement... Cependant, il ne se sentait pas fautif. Surtout pas de la tenir ainsi dans ses bras, d'ailleurs. De profiter — un peu — de la situation. Il n'était qu'un homme, après tout, et Virginia sentait fabuleusement bon.

— Vous êtes en sécurité, ici.

— Je sais... mais lorsque j'ai entendu la porte, la panique m'a saisie.

Elle s'accrochait à lui, violemment reconnaissante. Rejetant la tête en arrière, elle le regarda dans les yeux.

— J'ai cru que c'était un autre. Je déteste ma couardise.

Virginia sentit les mots mourir sur ses lèvres, et une sorte d'hypnose la retenir au regard de Cade. Cade qui lui effleurait la joue tout en la désirant du regard. Cade qui, maintenant, lui caressait les cheveux, nichait la main au creux de sa nuque, lui massait divinement la base du cou.

Cade attendait, songea-t-elle. Il guettait la transformation en train de s'accomplir. Et soudain, il sourit, et l'embrassa très légèrement. « Oh, délicieux... » Telle fut la première pensée qui

la traversa. Elle adorait être tenue aussi fermement et tendrement à la fois. C'était donc cela,
un baiser, cette douce rencontre faisant fondre
le corps et soupirer l'âme… Quand la langue
de Cade dessina le contour de ses lèvres, elle
frissonna de plaisir, et s'ouvrit à lui aussi naturellement qu'une rose s'ouvre au soleil.

Il le savait. Oui, quelque part, Cade avait
su dès le début qu'elle serait à la fois timide
et généreuse, que ses lèvres sous les siennes
seraient fraîches, son parfum subtil. Il lui
semblait connaître depuis toujours la femme
qu'il tenait entre ses bras.

Savoir qu'elle se souviendrait de ce baiser
comme du premier excitait l'homme un peu
orgueilleux qu'il était, l'enivrait, même. Dans
la mémoire de Virginia, et donc dans son cœur,
songeait-il, il serait le premier homme à l'avoir
tenue ainsi enlacée. Le premier à la faire trembler de désir.

De son côté, quand elle murmura son nom,
il eut la senstion que toutes les femmes qu'il
avait connues auparavant s'évanouissaient de
sa mémoire. Virginia était la première pour
lui aussi.

Il approfondit graduellement son baiser,
conscient du risque de la meurtrir ou de l'ef-
frayer. Mais elle se révéla vibrante entre ses

bras, réceptive, la bouche avide et brûlante, le corps tendu et palpitant.

Virginia se sentait vivante jusqu'au bout de ses doigts, attentive à chacun des coups précipités de son cœur. Elle avait enfoui les mains dans les cheveux de Cade et l'attirait comme pour ne faire qu'un avec lui. Il remplissait tous les vides, ces vides effrayants. Ce qu'elle était en train de vivre, c'était la vie. C'était réel. Cela comptait.

— Arrêtons…

Les mots franchirent avec peine les lèvres de Cade. Il aurait souhaité, ardemment, ne pas se sentir forcé de les prononcer. Il tremblait autant que Virginia. S'il ne reculait pas, s'il ne reprenait pas le contrôle de lui-même, il allait lui faire l'amour, là, maintenant, à l'endroit où ils se trouvaient.

Il pressa la tête de la jeune femme contre son épaule pour ne pas être tenté de dévorer plus longtemps sa bouche pulpeuse et consentante.

Elle vibrait contre lui, toute de nerfs à vif et de besoin dévorant, le corps traversé de sensations fortes.

— Je ne sais pas si j'ai déjà vécu cela, murmura-t-elle.

Elle ne savait rien d'elle-même, en effet, songea Cade ; en revanche, lui se connaissait : cela n'avait jamais été comme ça entre lui et une femme ; jamais si intense… Et il commençait à se demander s'il devait se réjouir de la fulgurance avec laquelle il nouait son destin à celui de Virginia, cette inconnue sur le point de bouleverser sa vie.

S'éloignant un peu d'elle, il lui effleura les épaules de la paume des mains.

— Ce qui vient de se passer entre nous n'est pas ordinaire, je vous l'assure, dit-il. Cela devrait nous suffire pour le moment.

— Mais...

Virginia se mordit la lèvre inférieure quand Cade se détourna. Elle le vit ouvrir le réfrigérateur.

— J'avais préparé du thé, fit-elle timidement remarquer.

— C'est de l'alcool qu'il me faut. Une bière.

La brusquerie du ton la fit frémir.

— Vous êtes en colère...

La canette débouchée, Cade avala trois longues gorgées.

— Un peu. Contre moi-même. Après tout, c'est moi qui ai déclenché tout cela.

Elle se tenait là dans son jean trop grand pour elle, les bras croisés comme pour se protéger, décoiffée et démunie. L'air absolument sans défense.

— Tirons cela au clair une fois pour toutes, déclara alors Cade en gardant ses distances. J'ai senti un déclic en moi dès que je vous ai aperçue sur le seuil de mon bureau. Au début, j'ai cru que c'était parce que vous étiez en quête de soutien. J'ai un faible pour les gens dans le pétrin. Surtout les belles femmes.

Il avala une autre gorgée, sous le regard attentif de Virginia.

— Mais ce n'est pas que cela. Bien sûr, je veux vous aider. Mais je suis aussi très attiré par vous. Je vous désire incroyablement… Je voudrais pouvoir vous faire l'amour tout de suite, lentement, pour que chaque seconde dure une heure. Et quand nous aurions fini, que vous seriez nue et sans force contre moi, je recommencerais.

Virginia avait porté la main à sa gorge, comme si elle se sentait oppressée ou trop émue.

— Et c'est exactement ce que je ferai, reprit-il, dès que vous irez mieux.

— Cade…, murmura-t-elle, le souffle court. Puis elle ajouta :

— Je suis peut-être une criminelle.

Son calme recouvré, Cade dédaigna la remarque.

— On déjeune ? suggéra-t-il.

Les yeux de Virginia s'étrécirent. Drôle de réaction de la part d'un homme qui assure vouloir faire l'amour avec vous jusqu'à épuisement. Se moquait-il d'avoir une meurtrière pour maîtresse ?

— J'ai peut-être volé beaucoup d'argent,

insista-t-elle, tué quelqu'un, kidnappé un enfant innocent...

Cade empilait du jambon sur du pain de mie.

— Une vraie desperado ! Avec en plus une lueur calculatrice dans le regard !

Puis il se tourna vers elle pour se moquer.

— Regardez-vous, que diable ! Vous êtes une femme polie, soignée, avec une conscience irréprochable. Pas même capable du plus petit larcin ! Quant au kidnapping... je vous ai déjà dit ce que j'en pensais.

Virginia fut piquée au vif. Elle n'aurait su dire pourquoi, mais cette description fade et lisse de sa personnalité la fit se dresser sur ses ergots.

— Je porte un tatouage au creux des reins. Plus bas, en fait. Je crois que cela devrait vous faire revoir votre opinion sur moi.

— Pardon ?

Une flamme guerrière dans les yeux, elle répéta :

— Un tatouage sur la fesse.

— Vraiment ?

L'impatience de le découvrir venait de désta-biliser Cade, mais il fit en sorte que son trouble ne transparaisse pas. Manifestement agacée, Virginia fronça les sourcils.

— En colère ? s'amusa Cade. C'est bon signe. Virginia n'est pas une femme docile. Par ailleurs, je note qu'elle aime les œufs brouillés au paprika et à l'aneth, sait faire le thé et les nœuds marins.

— Quoi ?

— Votre ceinture improvisée, expliqua Cade négligemment. Virginia a probablement été scout dans son enfance. Ou alors, elle aime la voile. Sa voix devient glaciale lorsqu'on l'agace, elle se mord la lèvre inférieure au moindre souci. Ce qui, soit dit en passant, instille en moi un désir pressant.

Les fossettes de Cade se creusèrent lorsque Virginia cessa brusquement de se mordiller la lèvre.

— Ses ongles sont d'une longueur raisonnable, et ses baisers ensorcelants. Une femme intéressante, notre Virginia.

Cade caressa chastement les cheveux de Virginia.

— Et maintenant, déjeunons, et je vous apprendrai ce que j'ai découvert.

Boudant encore, Virginia se laissa tomber sur une chaise, et tartina son pain de moutarde.

— Alors, ce tatouage, de quoi s'agit-il ? Un papillon ? Un bouton de rose ? A moins que vous ne soyez une motarde déguisée en femme du monde, avec une tête de mort sur le derrière ?

Gênée, cette fois, Virginia posa une tranche de jambon sur son pain de mie.

— Une licorne, murmura-t-elle.

— Hum… charmant.

Elle dévia la conversation.

— Vous deviez m'annoncer ce que vous avez découvert…

Abandonnant ses rêves de licorne, Cade accepta la diversion. Il regarda Virginia découper son sandwich en petits triangles nets et précis, mais s'abstint de tout commentaire.

— Eh bien…, dit-il, le revolver était chargé à plein, ce qui signifie qu'on ne s'en est pas servi récemment. Ou bien qu'on l'a rechargé.

Un intense soulagement poussa Virginia à fermer les yeux.

— Je ne m'en suis donc peut-être pas servie du tout…

— Assez improbable, en effet. Si j'en juge par mes observations, je vous imagine mal en possession d'un revolver non enregistré. Mais avec de la chance, nous retrouverons l'histoire de ce revolver, et cela nous éclairera.

— Vous en avez déjà tant appris…

Cade aurait aimé se lover dans cette admiration chaleureuse, mais il haussa les épaules et mordit dans son sandwich.

— Des renseignements négatifs pour la plupart. Rien au sujet d'un cambriolage mettant en cause un diamant de cette taille et de ce prix. Pas de kidnapping ou de prise d'otage dont la police soit avertie. Aucun homicide impliquant l'usage d'une arme telle que la vôtre au cours de la semaine écoulée.

Il avala une gorgée de bière.

— On ne signale pas non plus la disparition d'une femme vous ressemblant.

Reposant son sandwich, Virginia lança à Cade un regard d'incompréhension.

— Comment est-ce possible ? Pourtant, j'ai le diamant, j'ai l'argent, et j'ai bel et bien disparu.

Le regard de Cade se riva aux yeux de Virginia.

— Quelqu'un bloque peut-être l'information. Vous avez suggéré que le diamant faisait partie d'un ensemble. Et quand vous vous êtes réveillée de votre cauchemar, vous parliez de trois étoiles. Etoiles, diamants : il pourrait s'agir de la même chose. Pensez-vous qu'il y ait trois pierres ?

Virginia pressa ses doigts sur ses tempes battantes.

— J'ai parlé d'étoiles ? Je ne me souviens pas.

Parce que penser à tout cela lui faisait mal, Virginia se concentra sur l'aspect matériel de la question.

— Trois pierres de cette taille et de cette qualité, ce serait une extrême rareté. Et d'un prix inabordable. On ne peut estimer…

L'air lui manqua soudain, elle se mit à haleter avec peine, à la recherche d'un souffle.

Cade bondit, la contourna et lui massa douce-ment le dos.

— Ça suffit pour l'instant. Relaxez-vous. Ne forcez rien.

Tout en poursuivant son massage, il réfléchissait. Qu'avait-elle vu qui lui emplisse les yeux d'une telle terreur ? Quel mot avait-elle prononcé qui fasse surgir de son subconscient une émotion si vive ?

— Désolée, finit-elle par articuler. Je désire sincèrement vous aider.

— Ça viendra. Vous m'avez déjà beaucoup aidé. Nous n'en sommes qu'au début !

Virginia rejeta ses cheveux en arrière, dégageant ses joues pâles. Comme Cade ne lui donnait pas honte de sa faiblesse, elle prit une profonde inspiration qui lui fit du bien.

— Quand j'ai essayé de penser à votre question, j'ai eu un accès de panique. La culpabilité, l'horreur, la peur, tout mélangé. Ma tête bourdonnait, mon cœur battait trop vite. Je cherchais l'air.

— Allons-y doucement. Parler de la pierre en votre possession ne vous panique pas autant, semble-t-il ?

Virginia ferma les yeux, et forma avec précaution l'image mentale de la pierre. Une pierre si belle. Extraordinaire. Elle ressentait de l'intérêt et du souci, oui. De la peur aussi, mais ses émotions étaient plus cohérentes, moins débilitantes.

— Non, conclut-elle en secouant la tête, ce

n'est pas la même réaction. Je ne sais pas pourquoi, acheva-t-elle en rouvrant les yeux.

— Nous en reparlerons. Pour l'instant, mangez. J'ai un plan, il va vous falloir de l'énergie.

— Quel plan ?

— Je suis passé à la bibliothèque, tout à l'heure. Il existe des livres sur les pierres précieuses rares...

— Nous pourrions y trouver celle que je possède...

La perspective réjouit Virginia au point qu'elle entama son sandwich — même si c'était du bout des dents.

— Si nous identifions la pierre, poursuivit-elle, nous retrouverons la trace du propriétaire, et ensuite... Au fait ! Vous ne pouvez pas travailler ce soir. Vous devez aller quelque part avec Pamela.

— Bon sang ! J'ai oublié ! s'exclama Cade.

— Et moi, j'ai omis de vous en parler. Votre mère a appelé, j'ai entendu le message. Elle sera chez Dodie jusqu'à 4 heures. Et puis Muffy semblait agacée contre vous parce que vous avez manqué le récital de Camilla. Elle ne vous parlera pas avant que vous ne lui ayez présenté des excuses.

— Je n'aurai pas cette chance ! marmonna Cade. Vous venez de me faire un rapport très concis. Vous ne voulez pas devenir ma secrétaire, par hasard ? Vous êtes bien mieux organisée que ma dernière assistante.

Virginia sourit.

— Je ne me souviens même pas si je sais taper à la machine !

— Pour ma part, je sais que je ne sais pas ! Vous pouvez répondre au téléphone, n'est-ce pas ?

— Evidemment, mais...

Les arguments se bousculaient dans la tête de Cade. Prendre Virginia comme secrétaire était le moyen idéal pour la garder à proximité de lui tout en lui offrant une diversion à ses soucis.

— Vous me feriez une grande faveur, expliqua-t-il dans l'intention de la convaincre. Cela m'éviterait de rechercher et former une secrétaire en ce moment. Quelques heures par jour me seraient très précieuses.

Virginia repensa au bureau de Cade. Plus que d'une secrétaire, il aurait eu besoin d'un bulldozer ! Ou d'un bataillon de femmes de ménage... Cela dit, peut-être pouvait-elle se montrer utile, après tout. Et, de toute façon, qu'avait-elle d'autre à faire ? Sa vie n'était plus qu'un néant et un gouffre de désœuvrement à remplir.

— Je serai heureuse de vous rendre service, s'entendit-elle répondre.

— Merci. Bon ! Je vous ai acheté quelques vêtements pendant que j'y étais.

Elle le dévisagea tandis qu'il se levait et débarrassait la table.

— Des vêtements ?

— Rien d'extraordinaire. Je crois que j'ai un bon œil pour les tailles.

Devant les sourcils froncés de Virginia, Cade soupira.

— Très peu de chose, ne vous en faites pas. Même si vous êtes ravissante dans mes habits, il vous faut un minimum, on est bien d'accord ?

— Je suppose, murmura-t-elle. Merci.

— Il ne pleut plus. Allons faire un tour, ça vous éclaircira les idées.

— Je n'ai pas de chaussures.

Elle emporta les verres et les rangea dans le lave-vaisselle.

— J'ai acheté des tennis. Vous faites du trente-sept, non ?

Avec un petit rire, Virginia replaça le jambon dans le réfrigérateur.

— Pas la moindre idée !

— Essayez-les !

— Cade, appelez votre mère. Elle était fâchée contre vous.

— Elle l'est toujours. Je suis le mouton noir de la famille.

Avec méthode, Virginia passa un coup d'éponge sur la table, et rétorqua :

— Peut-être, mais c'est votre mère, et elle attend votre appel.

— Non, elle attend de pouvoir me contraindre à faire quelque chose que je refuse. Pour fustiger ma personnalité en compagnie de ma sœur.

— Ce ne sont pas des façons de parler de sa famille ! En plus, vous avez blessé la fille de votre sœur.

— Muffy n'a pas d'enfants mais des créatures. Et ma nièce est une mutante pleurnicharde.

Virginia se refusa à sourire.

— Quelle façon déplorable de parler de votre nièce, même si vous n'aimez pas les enfants !

— Je les adore, au contraire. Mais Camilla n'est pas humaine. En revanche, mon autre sœur, Doro, a un fils qui a échappé à la malédiction des Parris. C'est un gosse super, qui aime le base-ball et les insectes. Eh bien, Doro pense qu'il a besoin d'une psychothérapie !

Un gloussement échappa à Virginia avant qu'elle puisse l'étouffer.

— Vous inventez !

— Rien de ce que je pourrais inventer n'approcherait la triste vérité. Les Parris sont égoïstes, sûrs d'eux et arrogants.

Bouche bée, Virginia écoutait Cade dénigrer ses proches lorsque le téléphone sonna.

La prenant par la main, il l'entraîna hors de la cuisine.

— Non, dit-il préventivement, je ne réponds pas.

— Quelle honte !

— C'est de l'autoprotection, tout simplement. De toute façon, je n'ai jamais donné mon accord pour cette soirée avec Pamela.

— Je ne veux pas que vous vous mettiez mal avec votre famille à cause de moi…

— C'est ma mère qui a manigancé tout ça ! Evidemment, je vais utiliser votre présence comme excuse, et je vous en suis reconnaissant ! Pour vous remercier, regardons les chaussures que je vous ai choisies.

Virginia abandonna la discussion, s'assit au pied de l'escalier et ouvrit la boîte. Elle leva un sourcil.

— Des tennis rouges ?

— Elles m'ont plu. Je les trouve sexy.

Comme elle défaisait les lacets, Virginia s'étonna silencieusement. Comment pouvait-elle être dans le pétrin jusqu'au cou et se sentir en même temps ravie à la vue d'une paire de tennis rouges ? Son pied glissa dans la chaussure aussi facilement que si elle avait été conçue pour elle. Elle eut envie de rire et de pleurer à la fois.

— Elles me vont !

Il lui tendit les mains pour l'aider à se relever.

— Très sexy, je l'avais dit…, assura-t-il.

Virginia s'apprêtait à se dresser sur la pointe

des pieds pour embrasser Cade sur la joue, mais elle se ravisa au dernier moment.

— Froussarde ! railla-t-il.

— Peut-être… En tout cas, j'ai envie de faire cette promenade, commenta-t-elle en franchissant le seuil de la maison.

Puis une question lui vint à l'esprit :

— Pamela est-elle jolie ?

Cade réfléchit quelques secondes. La vérité pouvait tourner à son avantage. Alors, il la livra à Virginia, espérant qu'elle serait, sinon jalouse, du moins agacée par la perspective d'être en compétition avec une autre.

— Ravissante ! s'exclama-t-il, l'œil délibérément rêveur. Et en plus, elle veut absolument m'épouser. Dois-je céder, d'après vous ?

Refermant la porte derrière lui, il passa un bras autour de la taille de Virginia, en éclatant de rire.

Et le sourire complice que la jeune femme lui offrit fit monter en lui une satisfaction parfaitement exquise.

Chapitre 4

Les puzzles le fascinaient. Mélanger les pièces, en choisir une, essayer différentes places avant que la pièce ne glisse d'elle-même pour s'emboîter parfaitement dans l'ensemble... tout cela représentait un défi qui l'avait toujours réjoui. C'était même ce goût du défi en général qui l'avait incité à rejeter les traditions familiales pour choisir sa propre voie.

Rebelle comme il l'était, il aurait pu se lancer dans n'importe quelle direction ; l'essentiel consistait pour lui à se démarquer de sa famille et à mener sa propre barque. Mais ouvrir une agence d'investigations présentait des avantages particuliers par rapport à d'autres choix possibles : celui de s'amuser en décryptant des énigmes et celui de redresser quelques torts au passage.

Car Cade avait une idée bien arrêtée du bien et du mal. Il considérait qu'il y avait les bons et les méchants — même si certains trouvaient ce partage simpliste. D'un côté la loi, de l'autre le crime. Et ces repères stricts ne l'avaient jamais empêché de tenir compte des nuances, au contraire. Lorsqu'on sait quelles bornes ne pas dépasser, on est d'autant plus souple à l'intérieur du cadre, pensait-il.

Et puis, l'esprit logique ne l'empêchait pas non plus de s'évader — s'égarer ? — dans l'imaginaire. Par exemple, d'éclaircir certaines situations en rêvassant, voire en fantasmant, jusqu'à ce que, dans un flash inattendu, le déclic lui soit donné par le libre vagabondage de ses pensées.

Enfin, il adorait fouiller, chercher... Ce matin, quand il avait laissé Virginia chez lui, il avait fait un tour à la bibliothèque, et passé un bon moment à consulter des quantités de microfiches, à la recherche du moindre entre-filet sur un diamant bleu volé. Il n'avait pas eu le cœur de s'appesantir devant Virginia sur le fait que ni lui ni elle n'avaient la moindre idée de sa provenance, hélas... Virginia et sa pierre avaient abouti dans le District of Columbia sans qu'on sache d'où elles étaient parties. Qu'elles se trouvent ici ne signifiait nullement qu'elles soient de la région.

Sur l'amnésie aussi, il avait approfondi ses recherches — sans rien trouver de particuliè-rement utile. Apparemment, n'importe quel événement pouvait débloquer la mémoire. Mais cette même mémoire pouvait également demeurer verrouillée. Dans ce cas, la nouvelle vie de Virginia avait commencé très peu de temps avant que leurs chemins ne se croisent.

Que s'était-il passé, ces derniers mois, dans l'existence de la jeune femme ? Pas un instant Cade ne doutait que Virginia ait vécu ou assisté à quelque chose de traumatisant. Et puis, il était sûr d'une chose : avec ces yeux-là, une femme ne pouvait être une criminelle... Alors, quelles que soient les zones d'ombre de son histoire, il allait protéger cette femme. Aucun argument en sa défaveur ne pouvait résister au fait que Cade était tombé amoureux d'elle au premier regard. Il l'acceptait. Le moyen de faire autrement ? Virginia était la femme qu'il attendait depuis toujours. De sorte que, déterminé à la protéger, il entendait aussi la garder.

Forcément, il compara son histoire toute neuve avec Virginia au mariage enterré jadis. Il avait choisi sa première femme pour toutes les « bonnes » raisons. Ou plutôt, rectifia-t-il, sa belle-famille et sa propre famille l'avaient manipulé. Résultat : ce mariage sans âme s'était révélé un désastre ! Depuis le divorce — qui avait froissé les plumes de tout le monde, sauf des époux unis de force —, il avait fui tout engagement avec l'art d'une anguille.

Et maintenant — c'était en tout cas son intime conviction — la récompense de la dure lutte contre les pressions familiales se trouvait assise en tailleur sur le tapis, divine, lumineuse, et plongée dans un livre sur les pierres précieuses qu'elle consultait de cet air embrumé qu'ont les myopes.

« Myope », se dit-il alors. Un élément venait de s'ajouter au « Portrait de Virginia ».

— Virginia, vous avez besoin de lunettes.

Virginia ne répondit pas.

— A mon avis, vous portez des lunettes pour lire, s'entêta Cade.

Cette fois-ci, Virginia leva la tête, cligna des yeux et les massa.

— Ce livre est écrit en petits caractères, c'est tout...

— Nous nous occuperons de cela demain. Voilà deux heures que nous travaillons. Si nous buvions un verre de vin ?

— D'accord.

Mais Virginia reprit sa lecture.

— Le Cullinan 1 est le plus gros diamant taille diamant connu, déclara-t-elle. 530.2 carats.

Cade déboucha la bouteille de sancerre qu'il gardait pour la bonne occasion.

— Il orne le sceptre d'Edouard VII d'Angleterre, et se trouve à la Tour de Londres... Il est trop gros pour être le nôtre, et en plus il n'est pas bleu... Donc, jusqu'à présent, je n'ai rien lu qui corresponde à notre pierre. Si seulement j'avais un réfractomètre !

— Un quoi ?

— C'est un instrument qui mesure les propriétés caractéristiques d'une pierre. Sa réfringence.

Elle se figea soudain sous le regard de Cade.

— Comment est-ce que je sais ça ?

Deux verres à la main, Cade s'assit à côté d'elle sur le tapis.

— Qu'est-ce que la réfringence ?

— C'est la capacité à réfracter la lumière. Où ai-je bien pu apprendre… ?

Cade prit la pierre, posée sur les notes de la jeune femme à la façon d'un vulgaire presse-papiers.

— Etes-vous sûre qu'il s'agisse d'un diamant ? Franchement, on dirait un saphir.

— Sûre, affirma-t-elle. Les saphirs sont biréfringents, alors que les diamants sont mono-réfringents.

Virginia frissonna.

— Je suis une voleuse de bijoux ! C'est comme ça que je *sais*.

— A moins que vous ne *vendiez* des bijoux, ou que vous soyez experte, gemmologiste… ou héritière et amatrice de babioles ! Ne tirez pas de conclusions trop hâtives, ma belle. Cela empêche de voir les détails, acheva Cade en lui tendant un verre.

— Vous avez raison, soupira-t-elle.

Elle but une longue gorgée avant de reprendre :

— Si seulement je comprenais pourquoi je me rappelle certaines choses. Réfractomètres... *Le Faucon maltais*...

— Le Faucon maltais ?

— Le film. Bogart, Mary Astor. Vous avez le livre dans votre chambre et, en le voyant, c'est le film qui m'est immédiatement venu à l'esprit. Et les roses ! Je connais leur odeur, alors que j'ignore quelle est la marque de mon parfum préféré. Je reconnais une licorne, mais ne sais pas pourquoi je suis tatouée.

Les lèvres de Cade s'incurvèrent, ses fossettes se creusèrent :

— Symbole d'innocence...

Virginia haussa les épaules et finit son verre d'un trait. Cade lui donna simplement le sien, et se leva pour se resservir.

— Et puis il y a l'air que je chantonnais sous la douche, poursuivit la jeune femme, plus agitée, plus nerveuse. Sans savoir ce que c'était, je ne pouvais m'en débarrasser.

Elle but une gorgée, se concentra, puis se mit à fredonner tout aussi nerveusement.

— *L'Hymne à la joie*, de Beethoven, dit Cade. Eh bien ! Un animal mythique sur la fesse, Bogart plein les yeux, et Beethoven dans la tête ! Vous me fascinez de plus en plus !

Puis il ajouta :

— Dites-m'en davantage au sujet des diamants.

— Ce sont les meilleurs amis d'une femme. Marilyn Monroe.

Elle rit. Trop fort. Sans joie. Alors, avec douceur, Cade la débarrassa du verre qu'elle tenait. Dans le même temps, il s'ordonna de penser à noter sur son carnet : « Virginia s'enivre d'un seul verre. »

— Parlez-moi encore des diamants, répéta-t-il.

— Ils brillent et étincellent. Ils sont froids au regard et au toucher. C'est comme ça qu'on les distingue du verre. Le verre est chaud, le diamant froid. Il est un excellent conducteur de chaleur. Un feu glacé.

Allongée sur le dos, à présent, elle ferma les yeux et s'étira comme une chatte, ce qui fit s'enfiévrer Cade.

— C'est la substance connue la plus dure, continua-t-elle. Classée 10 sur l'échelle de dureté de Mohs. Les plus beaux diamants sont blancs. Une nuance jaune ou brune est considérée comme une imperfection.

Elle parlait comme dans un rêve, comme sous hypnose, vite et mécaniquement ; et l'alcool n'y était sans doute pas pour rien.

— Les diamants bleus, verts ou rouges sont très rares et très prisés. Leur couleur provient de la présence d'éléments mineurs autres que le carbone pur.

Cade étudia le visage de Virginia, ses lèvres, ses yeux clos. Elle aimait les pierres. Cela se sentait. Oui, en dépit du débit artificiel qui était le sien, pour l'instant, il aurait juré sans hésiter qu'elle aimait vraiment les pierres. Et elle les connaissait *intimement*, comme si elle les fréquentait, vivait au milieu d'elles, en avait fait sa vie.

— En gravité spécifique, les diamants se classent de 3.15 à 3.53. Les cristaux les plus purs atteignent presque toujours 3.52. Il faut de l'éclat, du feu, murmura-t-elle en s'étirant encore.

Elle était démoniaquement belle. Malgré les résolutions qu'il avait prises, Cade dériva, et il contempla le cou, les seins menus et fermes qui pointaient sous le tissu de la chemise.

— Je n'en doute pas, murmura-t-il tandis que les derniers mots de Virginia résonnaient en lui...

De l'éclat... du feu... du feu.

— Les diamants bruts ont un lustre voilé, mais lorsqu'ils sont taillés, ils brillent d'un éclat remarquable.

Elle roula sur le ventre, joua des jambes. Et quelles jambes !

— Le mot diamant vient du grec *adamas*, indomptable. Il y a tant de beauté dans la force...

A cet instant, elle ouvrit les yeux, et son regard était lourd, embué. Elle changea brusquement de position, et se retrouva la tête nichée sur les genoux de Cade.

— Vous êtes si fort, Cade. Et tellement séduisant. Quand vous m'avez embrassée, j'avais le sentiment que vous alliez m'absorber en vous, tout entière.

Soupirant, elle chercha une position plus confortable encore, puis confia :

— Ça m'a plu.

Dans le sang de Cade, le feu commença son lent trajet de la tête vers les reins.

— J'aurais mieux fait de vous proposer du café que de l'alcool, murmura-t-il.

— Embrassez-moi encore…

La bouche de Virginia, charnue et consentante, constituait une tentation que Cade eut du mal à repousser.

— Soyons sérieux, suggéra-t-il pourtant d'une voix rauque.

Mais Virginia n'entendit pas. Elle ne voulut pas entendre. Adroite et souple, elle entoura de ses jambes les hanches de Cade. Il essaya encore de plaider sa cause.

— Je ne pense pas que ce soit raisonnable… Ecoutez…

Pour une femme en détresse, elle faisait montre d'une audace étonnante, songea-t-il alors. Puis il lui saisit les mains avant qu'elle ne les glisse sous sa chemise. Il allait devoir se montrer plus raisonnable qu'elle.

— Arrêtez ! exigea-t-il. Je pense vraiment ce que je dis.

Il n'en revenait pas lui-même, de refuser pareille invitation ! Devenait-il fou ? Sans doute. Il crut même l'être déjà lorsque Virginia lui demanda :

— Croyez-vous que je serai une maîtresse à la hauteur de vos attentes ?

Elle posa sa tête sur l'épaule de Cade et murmura :

— J'ai peur… J'ai peur de ne pas aimer faire l'amour. De ne rien éprouver.

— Je ne crois pas que vous ayez de souci à vous faire à ce sujet…, répondit-il dans un sourire.

Mais, l'instant d'après, son sourire s'envolait en même temps que sa tension artérielle grimpait dangereusement. Dans le creux de son cou, il sentait la langue mœlleuse de Virginia tracer son chemin, venir se nicher dans son oreille qu'elle mordilla du bout des dents.

— Votre peau est exquise, chuchota-t-elle en laissant courir ses lèvres. Je suis très excitée. Pas vous ?

Cade jura. Il n'y avait plus d'issue, pour lui. Aucune échappatoire. Alors, pour répondre à

Virginia, il s'empara de sa bouche et la dévora littéralement.

Elle était riche de fragrances délicates, palpitante et douce. Il se noya dans cette bouche délicieuse. Entre ses bras, Virginia s'abandonnait sans réserve. Lorsqu'elle rejeta la tête en arrière, offrant sa gorge, nul saint n'aurait résisté. Il lécha cette chair si tentante, s'enivra du corps qui ondulait contre le sien dans un gémissement lascif.

Il aurait pu lui faire l'amour sur-le-champ, l'allonger sur le dos au milieu des livres, des papiers, s'enfouir en elle. Dans ses reins, il sentait déjà battre le rythme qui serait le leur. *Leur* rythme…

Cependant, quelque chose l'empêchait d'aller plus loin.

— Je n'ai jamais désiré une femme autant que vous, reconnut-il à haute voix… mais je vous en prie, regardez-moi !

Elle le regarda. Il sembla même à Cade qu'elle ne voyait que lui. Ne voulait que lui. Son corps était dense de désir, totalement absent à tout ce qui n'était pas *lui*.

— Embrassez-moi, supplia-t-elle. Vos baisers ressemblent à des miracles.

Un miracle, il en faudrait un pour qu'il recouvre sa volonté. Priant afin que l'impossible s'accomplisse, Cade commença par reprendre le contrôle de sa respiration.

— On arrête. Mais je vous jure que la prochaine fois que je vous embrasserai ce sera pour de bon, et que vous vous en souviendrez toute votre vie.

Il se mit debout, et aida Virginia à se relever.

— Ça tourne, murmura-t-elle en laissant sa tête retomber sur l'épaule de Cade.

Avec une maîtrise de soi qu'il jugea héroïque, Cade allongea Virginia sur le canapé.

— Reposez-vous, conseilla-t-il.

Obéissante, elle ferma les yeux.

— Restez près de moi. Je me sens en sécurité avec vous.

— Je suis là.

Il se pencha au-dessus d'elle, et la regarda s'enfoncer dans l'inconscience. Un jour, ils riraient ensemble de cet épisode, songea-t-il. Quand ils auraient des petits-enfants, peut-être ?

Sur ce, il la laissa dormir, et se remit à travailler.

... Elle creusait la terre. Le soleil ressemblait à une torche dans un ciel bleu saphir. Autour d'elle, le sol était jonché de pierres, la terre, grillée par la chaleur, passait par toutes les nuances de bruns, rouges et lavande. Forte et tonique, l'odeur de la sauge s'élevait des crevasses. Munie d'une pelle et d'un marteau, elle travaillait avec bonheur.

Non loin de là, à l'abri d'un rocher, deux femmes l'observaient. Son sentiment de bonheur augmentait quand elle levait la tête et leur souriait. Les cheveux courts de l'une des femmes formaient un joli casque roux autour de son visage si expressif. Et même si elle abritait ses yeux derrière des lunettes de soleil, Virginia les savait verts. D'un vert profond. L'autre femme avait les cheveux noirs. Pour le moment, ils étaient retenus sous un ample chapeau de paille. Libres, ils lui tomberaient jusqu'au milieu du dos, en lourdes ondulations. Ils soulignaient à merveille la magie de son visage, la peau crémeuse, les yeux d'un bleu rare.

La simple vue de ces deux femmes la gonflait d'amour. Elle ressentait profondément le lien de confiance qui l'unissait à elles, le sens d'une vie partagée. Leurs voix ressemblaient à une musique, chant lointain dont elle ne percevait que des bribes.

Je boirais volontiers une bière fraîche.

N'importe quoi de frais.

Combien de temps va-t-elle y consacrer ?

Toute notre vie. Paris l'été prochain. Sans discussion.

Ça la tiendra éloignée des pierres pendant quelque temps.

Et des crapules.
Tout à fait d'accord.

Le fait que les deux femmes parlent d'elle la fit sourire. Bien sûr, elle irait à Paris en leur compagnie. Mais, pour le moment, elle creusait une formation intéressante, dans l'espoir d'y trouver quelque chose qui vaille la peine. Quelque chose qu'elle emporterait pour l'étudier, et transformerait en bijoux à offrir à ses amies. Il y fallait de la patience, et un bon œil. De toute façon, quoi qu'elle trouve aujourd'hui, elle le partagerait en trois.

Soudain, les pierres bleues dégringolèrent dans sa main. Trois diamants bleus parfaits, d'une taille et d'un lustre spectaculaires. Plutôt qu'un choc, elle ressentit un plaisir intense à les examiner, les retourner dans sa paume. Puis le triomphe du pouvoir chanta dans son corps.

A présent, l'orage grondait, rapide et menaçant, obstruant la clarté du soleil, jetant sur le sol de longues ombres qui avalaient le paysage. Panique, nécessité de fuir. Vite. Vite. Une pierre pour chacune d'elles, avant qu'il ne soit trop tard. Avant que l'éclair ne frappe.

Mais il était déjà trop tard. L'éclair frappait la peau de plein fouet, aussi tranchant qu'un couteau, et elle courait, courait à l'aveugle. Seule et terrifiée, l'éclair à ses trousses...

Le souffle court, Virginia se réveilla et se dressa sur le canapé. Qu'avait-elle fait, dans sa vie passée ? Les mains pressées contre sa bouche, elle attendit que les frissons disparaissent. La pièce était calme. Pas d'orage ni d'éclair à ses trousses. Et elle ne se trouvait pas seule. A l'autre bout de la pièce, sous le faisceau de lumière d'une lampe globe, Cade sommeillait sur une chaise, un livre ouvert sur ses genoux.

Le simple fait de le voir, ses papiers éparpillés à ses pieds, calma Virginia. Même endormi, il avait l'air fort, digne de confiance. Il ne l'avait pas laissée seule. Elle dut résister au désir de se nicher contre lui, et de se rendormir. Il l'attirait au plus haut point. Le fait qu'elle le connût depuis si peu de temps n'avait aucune importance. Après tout, elle ne se connaissait elle-même que depuis à peine un peu plus de temps.

Repoussant ses cheveux, elle jeta un coup d'œil à sa montre. Presque 3 heures. Heure vulnérable. Elle s'allongea sur le canapé, cala sa tête sur un bras, et observa Cade.

Le souvenir de l'après-midi écoulé lui revint, intact. Elle s'était jetée à la tête de cet homme ! Cela l'embarrassait et l'étonnait à la fois. En tout cas, il avait eu raison de s'arrêter avant que les choses n'aillent trop loin. Pourtant, au fond de son être, elle regrettait qu'il ne l'ait pas prise, là, sur le tapis, avant qu'elle ait le temps de réfléchir, de peser le pour et le contre, d'évaluer les conséquences. S'il l'avait fait, un peu du vide en elle serait comblé, un peu de ses besoins indéfinissables exaucé.

Elle roula sur le dos en soupirant et fixa le plafond. Maintenant, il convenait de réfléchir. Elle ferma les yeux, non pour chercher l'oubli, mais pour accueillir la mémoire. Qui étaient les femmes dont elle venait de rêver ? Où se trouvaient-elles, à présent ? Malgré elle, ses pensées dérivèrent, et elle se laissa gagner par le sommeil.

Le lendemain matin, Cade se réveilla tout ankylosé. Dès qu'il ouvrit les yeux, il regarda à l'autre bout de la pièce. Le canapé était vide.

S'il n'y avait eu les livres et les papiers entassés sur le tapis, il aurait pu croire avoir rêvé. Cette histoire semblait le fruit de son imagination : la belle femme sans passé qui faisait irruption dans sa vie en même temps que dans son cœur. A la lumière d'une journée nouvelle, une pensée l'envahit : n'avait-il pas romancé à outrance leur rencontre ? Le coup de foudre n'était-il pas la notion romantique par excellence ?

Roulant de la tête avec précaution, pour ne

pas augmenter un torticolis naissant, Cade se réprimanda. Ce dont Virginia avait besoin, ce n'était pas les musarderies d'un détective sentimental. Elle avait besoin d'idées claires. Et rêvasser à la façon dont elle avait enserré ses jambes autour de sa taille la veille n'était pas propice à la réflexion objective. Non, ce qu'il lui fallait, c'était un café.

Il se leva et se rendit dans la cuisine où il trouva Virginia. Jolie comme une image, nette comme un sou neuf. Ses cheveux blonds bien brossés étaient retenus par un chouchou tout simple. Elle portait le pantalon rayé bleu et blanc et le T-shirt blanc qu'il lui avait achetés. Une main posée sur le comptoir, tenant dans l'autre sa tasse de café fumant, elle contemplait par la fenêtre le hamac tendu entre deux érables.

— Vous êtes une lève-tôt !

La main de Virginia trembla au son de la voix de Cade, puis elle se retourna, le cœur battant un peu trop vite, et lui sourit.

— J'ai fait du café… je sais le faire, apparemment. Certaines choses semblent venir naturellement.

— Il sent bon, remarqua Cade en s'en versant une tasse.

— Merci. Je ne savais pas si je devais vous réveiller. Je n'étais pas sûre de l'heure à laquelle vous ouvrez votre agence.

— Nous sommes samedi. En plus, c'est le long week-end du 4-Juillet. Vous vous souvenez ? Ce jour-là, on mange des pommes de terre en salade, on fait des feux d'artifice, on écoute des fanfares dans les rues.

Une image traversa le cerveau de Virginia : une petite fille assise sur les genoux de sa mère, tandis que les lumières explosent dans le ciel et trouent le noir.

— Oh !... vous devez avoir des projets pour ces trois jours...

— En effet ! Vers 11 heures, nous irons tranquillement au bureau. Je vous montrerai le travail le plus urgent. Pas question d'accomplir du travail légal, puisque tout sera fermé. Mais nous pouvons commencer à mettre de l'ordre.

— Ne sacrifiez pas votre week-end pour moi. Je peux très bien ranger votre bureau, pendant que vous...

— Nous faisons les choses ensemble, Virginia.

Elle posa sa tasse et croisa les mains.

— Pourquoi ? demanda-t-elle.

Les yeux vert océan de Cade parcoururent le visage de Virginia.

— J'aime à penser que vous n'avez pas frappé à ma porte par hasard.

— Bizarre que vous pensiez cela, malgré ma conduite d'hier soir. Selon toute apparence, je suis du genre à faire les bars la nuit, et à lever le premier venu.

Cade rit, puis avala une gorgée de café.

— A voir comment un seul verre vous tourne la tête, je doute que vous passiez beaucoup de temps dans les bars ! Croyez-moi, vous étiez vraiment partie !

La voix de Virginia prit une intonation glaciale :

— Pas de quoi se vanter...

La remarque fit sourire Cade.

— Pas de quoi avoir honte non plus. Et puis, je ne suis pas le premier venu.

La lueur d'amusement disparut du regard de Cade quand il ajouta :

— Vous et moi savons qu'il se passe quelque chose entre nous, reprit-il. Alcool ou pas.

— Dans ce cas, pourquoi ne pas en avoir... profité ?

— Avoir la possibilité est une chose, en profiter ne m'intéresse pas. On déjeune ?

Virginia opina.

— J'apprécie votre retenue, dit-elle en guise de merci.

— Vraiment ?

— Non, pas vraiment...

L'ego de Cade fut flatté.

— Ensuite, poursuivit-il tandis qu'il sortait le lait du réfrigérateur et mordait dans un toast, nous pourrions flâner en ville. Peut-être verrez-vous quelque chose qui stimulera votre mémoire.

Virginia s'assit sur une chaise, et, après une hésitation…

— Vous prenez toutes vos enquêtes avec autant de cœur ?

— J'aime les mystères. En plus, vous êtes mon premier cas d'amnésie. D'habitude, je m'occupe de problèmes d'assurance ou de problèmes matrimoniaux.

— Vous faites des enquêtes depuis longtemps ?

— Quatre ans. Cinq, si on compte mon année de stage chez Guardian, une grosse société de surveillance du District of Columbia. Du beau linge. Mais je préfère travailler pour mon compte.

— Vous avez déjà… tiré sur quelqu'un ?

— Non. Dommage, parce que je suis un très bon tireur.

Comme Virginia se mordait la lèvre inférieure, Cade la rassura.

— Détendez-vous ! Les flics et les détectives privés attrapent presque toujours les méchants sans avoir besoin de tirer une seule balle. J'ai reçu des coups, j'en ai donné quelques-uns, mais la plupart du temps mon activité se résume à me rendre sur le terrain, à effectuer des tâches répétitives et à passer beaucoup d'appels téléphoniques. Votre problème n'est qu'un puzzle de plus. Il suffit de trouver les pièces et de les assembler.

Si seulement il avait raison, songea Virginia, si les choses pouvaient se révéler simples, ordinaires et logiques.

— J'ai fait un autre rêve, déclara-t-elle. Il y avait deux femmes, que je connaissais.

Cade prit une chaise et s'assit en face de Virginia...

Lorsqu'elle lui eut tout raconté, il remarqua :

— Vous sembliez être dans un désert. L'Arizona ou le Nouveau-Mexique, peut-être ?

— En tout cas, je n'avais pas peur. Au contraire, j'étais heureuse. Jusqu'à ce que survienne l'orage.

— Vous êtes sûre qu'il y avait trois pierres ?

— Certaine. Pas tout à fait identiques. Belles. Extraordinaires, même. Mais je ne pouvais pas les garder ensemble. Ça semblait très important.

Avec un soupir, elle ajouta :

— Je ne sais quelle est la part de vérité, et la part symbolique, comme dans tout rêve.

— Si nous sommes sûrs de l'existence d'une pierre, il se peut que les deux autres existent aussi. Si une femme est réelle, il y en a peut-être deux autres. A nous de les trouver.

Vers 10 heures et demie, ils pénétrèrent dans l'agence de Cade. Virginia écouta avec attention ses directives concernant la frappe de ses notes sur ordinateur, le classement des dossiers, le téléphone et l'intercom.

Quand il s'enferma dans son propre bureau, Virginia jeta un regard circulaire au désordre ambiant. Le philodendron penchait sur le côté, triste et sale. Il y avait des éclats de verre partout, ainsi que des taches de café qui collaient sous la semelle. Et on aurait ramassé la poussière à la pelle. La dactylographie attendrait, décida-t-elle. On ne pouvait décemment se concentrer au milieu d'une telle confusion.

Depuis sa table de travail, Cade entama son enquête de terrain. Il appela son agence de voyages, et, sous le prétexte d'une nouvelle passion pour les pierres précieuses, lui demanda de s'enquérir sur tout désert où la recherche de pierres était autorisée.

Ses démarches de la veille lui en avaient appris beaucoup au sujet des gens qui cherchent des cristaux et des gemmes dans la nature. D'après le rêve de Virginia, conclut-il, c'était bien ce qu'elle était en train de faire dans ce désert. Peut-être vivait-elle dans l'Ouest ? A moins qu'elle ne s'y soit rendue pour l'occasion ? Une voie à explorer, de toute façon.

Il envisagea de téléphoner à un expert en

pierres précieuses, mais se ravisa : Virginia avait peut-être acquis cette gemme par des procédés illégaux, et il ne voulait pas prendre de risques. Au lieu de cela, il étala sur la table les instantanés qu'il avait pris du diamant la veille. Que déduirait un gemmologiste devant de telles images ? Cela valait la peine d'essayer. Mardi, quand le travail reprendrait.

Pour l'instant, il avait d'autres idées en tête. Il prit son téléphone et, après quelques appels, trouva l'inspecteur Mick Marshall chez lui. Celui-ci protesta vigoureusement :

— Bon sang ! J'ai vingt bouches à nourrir dans le jardin !

— Tu fais des fêtes sans m'inviter, maintenant ?

— Je n'invite pas chez moi des flics d'opérette !

— Bon, maintenant, je suis vexé pour de bon. Tu as gagné ton whisky ?

— Les empreintes que tu m'as filées n'appartiennent à personne qui soit fiché par nos services.

Le soulagement envahit Cade, tandis qu'une touche de frustration s'insinuait en lui.

— Toujours rien sur un diamant volé ?

— Moins que rien. Il n'est pas dans ta tête, ce diamant ?

Cade raccrocha et se mit à réfléchir. Dans les rêves de Virginia revenaient toujours des éclairs, et elle mentionnait souvent l'obscurité. Or, la veille du jour où elle était apparue dans son agence, il y avait eu un orage, et des coupures de courant. Existait-il un lien entre réalité et songes ? Le noir était-il réel ou symbolique ? Selon toute probabilité, le traumatisme s'était produit à l'intérieur d'un bâtiment. A aucun moment elle ne mentionnait la pluie. Se trouvait-elle dans une maison ? Dans un bureau ? Si les événements avaient eu lieu la nuit précédant leur rencontre, ils s'étaient presque obligatoirement produits dans le District of Columbia.

Et pourtant, on ne signalait la disparition d'aucune pierre précieuse de grande valeur. D'autre part, dans ses rêves existaient trois pierres. Trois diamants. Trois femmes. Un triangle. Tout cela était-il symbolique ou réel ?

Cade traça deux colonnes sur une feuille. Dans l'une d'elles, il fit la liste des souvenirs de Virginia, pris dans leur sens littéral. Dans l'autre colonne, il en explora le symbolisme. Au fur et à mesure de sa réflexion, une évidence s'imposait : la vérité était une combinaison des deux.

Prenant son courage à deux mains, Cade composa un dernier numéro de téléphone. Par son mariage, sa sœur Muffy était entrée dans l'une des plus anciennes familles de la côte Est. Des joailliers renommés de Westlake.

Lorsqu'il sortit de son bureau, ses oreilles bourdonnaient, et il avait les nerfs à vif. Résultat habituel de ses conversations avec sa sœur. Mais puisqu'il avait obtenu ce qu'il désirait, il eut moins de mal à se maîtriser.

Le choc fut grand de pénétrer dans un espace propre et rangé, et de voir Virginia taper sur le clavier de l'ordinateur avec une grande dextérité.

— Vous êtes une fée, dit-il en déposant un baiser sur la tempe de la jeune femme. Et vous êtes experte en informatique.

— On dirait ! Cela ne m'a donné aucun mal. En revanche, ranger vos dossiers risque de me prendre du temps... !

Il se contenta de sourire à la remarque et proposa :

— On sort prendre une glace ?

Virginia acquiesça et quitta son ordinateur avec le naturel d'une femme qui navigue quotidiennement dans l'univers des logiciels...

— Ensuite, annonça Cade, nous aurons une tâche de la plus haute importance à accomplir.

— Quoi au juste ?

— Je vous ai trouvé un réfractomètre.

Chapitre 5

— Votre beau-frère est propriétaire de *Westlake Jewellers* ? demanda Virginia.

— Pas en propre. C'est une affaire familiale.

La tête de Virginia tournait. En l'espace de quelques heures, elle était passée du nettoyage d'un bureau crasseux et désordonné à la dégustation d'une glace au pied du mémorial Lincoln. Etant donné la situation, cela représentait déjà pour elle un exploit. Mais la façon qu'avait Cade de se faufiler entre les voitures, de traverser les rues en courant au feu orange avait fini de la désorienter et de l'étourdir.

— Ils ont des succursales dans tout le pays, poursuivit Cade, mais la maison mère se trouve ici. Muffy a rencontré Ronald à un tournoi de tennis. Romantique en diable, non ?

— Et votre beau-frère est d'accord pour que nous utilisions son matériel ?

— Muffy l'est. Ronald fait ses quatre volontés, comme un toutou.

Tout en léchant son cône qui dégoulinait de

glace à la fraise, Virginia observait les touristes
— des familles pour la plupart — qui grimpaient
et descendaient les marches du mémorial.

— Je croyais votre sœur fâchée avec vous ?

— Nous sommes arrivés à un compromis au
téléphone. Camilla danse aussi dans un ballet
le mois prochain. Je me suis engagé à aller
admirer la mutante.

Virginia étouffa un rire.

— Que vous êtes rosse avec votre famille !

— On voit que vous n'avez jamais enduré le
spectacle de Camilla en tutu ! Et puis, ma sœur
a aussi un fils. Celui-ci joue du piccolo.

— Vous inventez !

— Pas du tout ! Mon imagination a des limites.
Dans quinze jours, je suis censé m'asseoir au
premier rang, et m'extasier devant l'orchestre
dans lequel il joue. Je vais acheter des boules
Quiès !

Ils s'installèrent sur les marches lisses au pied
du président sage et mélancolique. Une légère
brise agitait mollement l'air dense. Mais cela
n'atténuait pas la chaleur moite qui montait de
l'asphalte. Virginia apercevait des mirages dans
l'air, comme dans le désert. Quelque chose lui
paraissait étrangement familier dans le spectacle
qui l'entourait. La foule des passants, le cliquetis
des appareils photo, le mélange des voix et des

accents, les odeurs de transpiration et de fatigue, mêlées au parfum des fleurs.

— Je suis sûrement déjà venue ici, murmura-t-elle. Mais c'est comme si je vivais le rêve de quelqu'un d'autre.

— La mémoire va vous revenir, assura Cade. Nous avons quelques pièces en main : vous savez faire le café, vous servir d'un ordinateur, organiser un bureau.

— Peut-être suis-je secrétaire ?

Cade en doutait. La manière dont elle parlait des pierres précieuses l'avait lancé sur une autre piste. Mais il souhaitait réfléchir davantage avant de partager son hypothèse avec Virginia.

Il se mit sur ses pieds et offrit sa main à Virginia pour l'aider à se lever.

— Nous avons des courses à faire, annonça-t-il.

— Ah bon ?

— Il vous faut des lunettes de vue.

Le centre commercial tentaculaire et les gens qui se bousculaient pour profiter des soldes furent une nouvelle épreuve pour Virginia. Pendant qu'elle choisissait une monture, Cade remplit les formulaires nécessaires. Une douce chaleur l'envahit lorsqu'il enregistra la jeune femme sous le nom de Virginia Parris. Cela sonnait bien à son oreille, et lui parut aller de soi.

Il laissa Virginia à ses essais. Deux heures plus tard, elle le rejoignit dans sa voiture, un nouveau sac à main à l'épaule, un sac en plastique dans l'autre main.

— Où avez-vous trouvé le temps d'acheter tout cela ? demanda Cade en souriant.

Avec un rire où perçait toute sa féminité, Virginia répliqua :

— Question de stratégie ! Savoir ce qu'on veut, ne pas se laisser distraire.

— Moi aussi, j'ai acheté quelque chose pour vous, rétorqua Cade.

D'un emballage de lingerie, il exhuma une nuisette de soie noire raffinée.

— Vous ne pouvez pas dormir toute nue, expliqua-t-il avec un regard qui en disait long. Et puis, j'ai aussi fait l'acquisition de quelques pierres fines qui m'ont plu, ajouta-t-il en lui tendant une pochette en papier transparent.

— Oh ! murmura Virginia en les caressant du doigt. Comme elles sont jolies ! Des citrines... des jaspes... des tourmalines. Vous voyez les roses et les verts ? Et cette ravissante fluorite ! Un des cristaux que je préfère. Je...

La voix de Virginia s'estompa, et elle appuya une main contre sa tempe.

Cade fouilla parmi les pierres.

— Et celle-ci ? Quel est son nom ?

— Alexandrite. Une pierre transparente, dont

la couleur change avec la lumière. A la lumière du jour, elle est bleu-vert. Mais à la lumière électrique, elle devient rouge pourpre.

Virginia avala sa salive avec difficulté. La connaissance des pierres était bel et bien logée là, dans son cerveau.

— C'est une pierre rare et coûteuse, ajouta-t-elle. Elle doit son nom au tsar Alexandre 1er.

Après avoir mis le moteur en marche, Cade se faufila dans la circulation. Il avait observé avec intérêt le visage de Virginia s'éclairant, s'irradiant de plaisir tandis qu'elle étudiait les cristaux.

— Vous êtes vraiment une connaisseuse en pierres précieuses, commenta-t-il. Et elles vous procurent du bonheur.

— Ça m'effraie. Plus les informations se bousculent dans mon esprit, plus j'ai peur.

Cade se gara dans son allée, puis se tourna vers Virginia :

— Etes-vous capable de continuer aujourd'hui ?

Elle pouvait dire non ! songea Virginia. Dans ce cas, Cade la ferait entrer chez lui, où elle serait en sécurité. Elle monterait dans sa jolie chambre, s'y enfermerait, et n'aurait rien d'autre à affronter que sa propre poltronnerie.

— Il le faut bien, répondit-elle en exhalant un long soupir.

Conscient du courage de Virginia, Cade lui

saisit la main et la pressa rapidement entre les siennes.

— Parfait, dit-il. Attendez-moi dans la voiture. Je reviens avec le diamant.

Westlake Jewellers se situait dans un magnifique immeuble ancien orné de colonnes de granite et de longues fenêtres drapées de satin. Seule une plaque de cuivre élégante et discrète en signalait l'existence près de la lourde porte d'entrée.

Cade contourna le bâtiment, et se gara près d'une Mercedes grise.

— Ronald nous attend, constata-t-il. Vous jouerez le jeu, n'est-ce pas ?

Virginia plissa son joli front tandis que Cade glissait l'assortiment de pierres dans son sac à main.

— Quel jeu ?

— J'ai été obligé d'inventer une petite histoire pour amadouer Muffy. Il vous suffit de me donner la réplique.

Virginia sortit de la voiture et le suivit vers l'entrée située à l'arrière de l'immeuble.

— Ce serait plus facile si vous me disiez de quoi il retourne.

— Ne vous en faites pas, dit-il en appuyant sur la sonnette. Je m'occupe de tout.

— Si vous avez menti à votre famille, je crois que je devrais…

La lourde porte d'acier qui s'ouvrait l'empêcha de poursuivre.

Ronald salua Cade d'un bref signe de tête. Cade avait raison, pensa Virginia. Cet homme n'était pas heureux. De taille moyenne, soigné et sanglé dans un costume bleu marine, il portait une cravate rayée dont le nœud était si serré que Virginia se demanda comment il respirait. Il avait le visage bronzé, et coiffait en arrière ses cheveux noirs striés de gris. Il incarnait la dignité personnifiée.

Sans paraître remarquer la froideur de son beau-frère, Cade se lança :

— Ça fait plaisir de te voir ! Comment va le golf ? Muffy m'a dit que tu avais changé de handicap.

Tout en parlant, Cade se faufilait à l'intérieur. Impavide, Ronald gardait les sourcils froncés.

D'un geste de propriétaire, Cade entoura la taille de Virginia et l'attira contre lui.

— Je te présente Virginia.

— Enchanté, répliqua poliment Ronald.

— Je la gardais pour moi tout seul, expliqua Cade. Maintenant que tu la vois, tu comprends mieux pourquoi, non ?

Cade souleva d'un doigt le menton de Virginia et déposa un baiser sur ses lèvres.

— J'apprécie que tu nous donnes accès à ton matériel, continua Cade à l'adresse de son beau-frère. Virginia est enchantée à l'idée de me montrer le travail qu'elle accomplit avec les pierres précieuses.

D'une main assurée, il secoua le sac de la jeune femme pour faire tinter les cristaux.

— Tu n'as jamais montré le moindre intérêt pour les gemmes, fit remarquer Ronald.

— C'est parce que je ne connaissais pas Virginia ! Maintenant, ça me fascine. Comme je l'ai convaincue de ne pas quitter les Etats-Unis, il va bien falloir qu'elle ouvre une boutique ici. N'est-ce pas, mon cœur ?

— Je…, commença Virginia.

— L'Angleterre, c'est le passé ! affirma Cade. Si un membre de la famille royale veut un bijou, il faudra qu'il se déplace. Je ne te laisse pas repartir, acheva-t-il en plaquant un autre baiser sur ses lèvres.

Ronald ajusta sa cravate et se tourna vers Virginia :

— Cade me dit que vous dessinez des bijoux ? C'est un bel exploit de servir la royauté britannique.

— Ça reste en famille, expliqua Cade. La mère de Virginia est une cousine de Diana. Au second ou troisième degré, chérie ? J'ai oublié.

— Au troisième, répliqua Virginia.

Elle n'en croyait pas ses oreilles. Non seulement elle répondait, mais elle donnait à sa voix une touche d'accent de la haute société britannique, qui sembla impressionner Ronald.

— Cade accorde un peu trop d'importance à tout ceci, continua-t-elle sur le même ton. En fait, Lady Di m'a fait l'honneur de remarquer une broche de ma confection, et l'a commandée. Comme chacun sait, la princesse adorait acheter...

L'accent huppé de Virginia touchait en Ronald la corde de l'ambition sociale. Son sourire se détendit, sa voix se réchauffa.

— Je suis enchanté que vous visitiez Westlake Jewellers. Je regrette beaucoup de ne pouvoir vous guider moi-même.

— Nous ne voulons pas te retarder, intervint Cade en poussant discrètement son beau-frère dans le dos. Muffy m'a expliqué que vous receviez.

— C'est très présomptueux de la part de Cade d'avoir interrompu votre réception, déclara Virginia. Je serai ravie de refaire la visite en votre compagnie, une autre fois.

— A votre disposition. Au fait, venez faire un tour à la maison, ce soir.

Aux anges de côtoyer une personne reliée, même de loin, à la famille royale britannique, Ronald dirigea Cade et Virginia vers l'atelier de joaillerie.

— Notre matériel est très sophistiqué et

précieux, ainsi que les gemmes que nous travaillons, expliqua-t-il. La réputation des Westlake est sans tâche depuis des générations.

A la vue des établis, des meules, des scies, des balances, le cœur de Virginia se mit à battre.

— Top niveau, murmura-t-elle, éblouie.

— Nous nous enorgueillissons de n'offrir que le meilleur à notre clientèle, poursuivait Ronald Westlake. Souvent, nous faisons le facettage et le polissage des pierres et des diamants nous-mêmes, et employons nos propres lapidaires.

La main de Virginia trembla légèrement en touchant un disque. Dans sa tête, elle voyait tout le processus de transformation des gemmes. La table du lapidaire. Pour le facettage, la pierre fixée au bout d'un « stock », une tige de bois, et présentée au disque qui tourne horizontalement. Le stock guidé grâce à une planche percée de nombreux trous, fixée perpendiculairement à la table au centre de laquelle tourne le disque. Elle entendait le son émis par le frottement du cristal et du disque. Sentait les vibrations.

— J'aime le travail du lapidaire, dit-elle d'une voix embuée. Sa précision.

— J'admire aussi beaucoup les artisans et les artistes, opina Ronald.

Puis, apercevant la bague que portait Virginia, il lui prit la main :

— Ravissante ! C'est votre création ?

Acquiescer semblait la meilleure solution, songea Virginia.

— Oui. J'adore travailler les pierres de couleur.

— Je vous montrerai notre réserve... mais à présent, je dois me retirer. Le gardien refermera derrière vous lorsque vous aurez fini.

Il lança à Virginia un sourire entendu de professionnel à professionnel :

— Dans notre domaine, la sécurité revêt une importance capitale, n'est-ce pas ?

— Bien entendu ! Merci de nous avoir consacré tout ce temps, monsieur Westlake, conclut Virginia.

— Appelez-moi Ronald ! Et ne permettez pas à Cade de vous garder égoïstement pour lui tout seul. Muffy meurt d'envie de rencontrer sa future belle-sœur. Rendez-vous ce soir...

Lorsqu'il fut parti, Virginia se tourna vers Cade.

— Belle-sœur ? bredouilla-t-elle.

L'air innocent, Cade ouvrit grand les bras et plaida :

— Il fallait bien leur raconter quelque chose ! L'encre de mon certificat de divorce était à peine sèche que, dans ma famille, ils essayaient tous de me remarier !

— Pauvre petit Cade, à qui on envoie des femmes de droite et de gauche...

— J'ai souffert, vous savez.

Virginia leva les yeux au ciel.

— Vous avez menti à votre famille.

— Parfois, je mens pour m'amuser, mais d'autres fois, c'est une question de survie. Quant à vous, vous avez bien pris le train en marche. Cet accent anglais, c'était un coup de génie !

— Je me suis laissé entraîner, et je n'en suis pas fière.

Le ton glacial de Virginia agaça Cade. De toute évidence, elle ne se sentait pas aussi à l'aise que lui dans les zones entre le bien et le mal.

— Nous avons ce que nous voulions, non ? demanda-t-il. En plus, la soirée de Muffy et Ronald sera encore plus réussie, grâce à votre présence. Alors, où est le problème ?

— Je ne sais pas. Je n'aime pas mentir, voilà tout. Un mensonge en appelle un autre.

— Et plusieurs mensonges conduisent parfois à la vérité.

Cade prit le sac de Virginia, en tira la petite bourse de velours, et fit glisser le diamant dans sa paume.

— Voulez-vous la vérité ou l'honnêteté ? demanda-t-il en le promenant sous le nez de Virginia.

— En principe, ce n'est pas incompatible. Mais enfin… comme vous dites, nous avons ce que nous voulions. Par où commençons-nous ?

— Assurez-vous que cette pierre est vraie.

L'impatience pointa dans la voix de Virginia.

— Je sais qu'elle est authentique !

Cade se contenta de lever un sourcil.

— Prouvez-le.

Avec un soupir excédé, Virginia se dirigea vers un microscope, et fit le point avec une instinctive dextérité.

— Magnifique ! dit-elle avec respect un moment plus tard. Absolument pure à la loupe.

— Que voyez-vous ?

— L'intérieur de la pierre. Aucun doute sur son authenticité. Les inclusions sont caractéristiques. S'il s'agissait d'imitation de verre ou de quartz, il y aurait des bulles d'air.

— Tout ce que je sais, c'est que cette pierre est bleue. C'est donc un saphir, en principe.

— Mais enfin ! protesta Virginia. Le saphir appartient à la famille du corindon ! Je sais quand même faire la différence entre le corindon et le carbone.

Prenant la pierre, elle se dirigea vers un réfractomètre.

— Cet instrument permet de savoir si une gemme est monoréfringente ou biréfringente. Comme je vous l'ai déjà dit, les saphirs sont biréfringents, contrairement aux diamants.

Avec les mêmes gestes précis et compétents, elle se remit au travail sous le regard de Cade.

— Voilà ! marmotta-t-elle. N'importe quel

idiot peut constater que cet indice de réfraction est celui d'un diamant.

Se tournant vers Cade, Virginia lui montra la pierre.

— Ceci est un diamant bleu taille brillant, dont le poids est 102, 6 carats.

— Il ne vous manque que la blouse de laboratoire, constata Cade d'une voix calme.

— Pardon ?

— Vous êtes de la partie, Virginia. Je croyais que les pierres précieuses étaient un passe-temps pour vous. Mais vous êtes trop précise, trop à l'aise au milieu de tous ces appareils, pour ne pas être une professionnelle. Conclusion : vous travaillez avec les pierres, soit dans le commerce des gemmes, soit dans le domaine de la joaillerie. C'est comme ça que vous êtes entrée en possession de ce diamant.

Cade prit le diamant entre ses mains et l'étudia.

— Pas le genre de pièce qu'on achète, même chez un excellent joaillier comme Westlake. C'est le genre de chose qu'on trouve dans un musée ou dans une collection privée. A ce propos, nous avons un superbe musée à Washington, le Smithsonian. Ça vous dit quelque chose ?

— Vous sous-entendez que… je l'ai volé au Smithsonian ?

— Je pense qu'au musée, on a peut-être entendu parler de cette pierre.

Il glissa négligemment l'inestimable gemme dans la poche de sa veste.

— A cause de ce maudit long week-end, tout cela devra attendre mardi, maugréa-t-il entre ses dents.

— Que faisons-nous d'ici là ?

— Consultons l'annuaire. Je me demande combien de gemmologistes il y a dans Washington et ses environs.

Les lunettes permettaient à Virginia de se plonger dans les livres sans risquer de mal de tête, et elle ne s'en priva pas. Pour elle, cela ressemblait à relire des contes de fées autrefois adorés. Le terrain lui était familier, mais c'est avec plaisir qu'elle s'y enfonçait.

Elle lut ce qui concernait la taille des pierres en Mésopotamie, les gemmes de la période hellénique. Examina des gravures florentines. Puis elle se lança dans l'histoire de diamants célèbres. Le Président Vargas, le Jonker, le Grand Mogol, le Florentin, dont on avait perdu la trace depuis la Première Guerre mondiale. L'histoire de Marie-Antoinette et du collier de diamant qui, dit-on, lui coûta sa tête. Enfin, elle se plongea dans les ouvrages techniques.

Ces livres lui parurent tous très familiers. En revanche, une chose la tourmentait : d'où venait qu'elle se souvînt des pierres, et pas des personnes ? Elle identifiait sans difficulté les propriétés de centaines de pierres précieuses et fines, mais il n'existait dans le vaste univers qu'une personne qu'elle connaisse. Et il ne s'agissait même pas d'elle-même.

En fait, elle ne connaissait que Cade. Cade Parris, dont l'esprit vif la plongeait souvent dans la confusion. Cade, avec ses mains douces et patientes et ses merveilleux yeux verts. Des yeux qui la contemplaient comme si elle était pour lui le centre du monde.

Cependant, l'univers de Cade était si étendu par rapport au sien ! Un monde peuplé d'individus et de souvenirs, de lieux où il s'était rendu, de choses qu'il avait accomplies, de moments partagés avec d'autres êtres.

En comparaison, l'écran vide de son propre passé la narguait. Qui connaissait-elle ? Qui avait-elle aimé ou détesté ? Avait-elle été aimée ? Avait-elle blessé quelqu'un, infligé des peines à un autre être ? Où vivait-elle jusqu'à la veille ? Que faisait-elle ? Scientifique ou voleuse ? Amante ou cœur solitaire ?

Elle voulait être amante. L'amante de Cade. La force de son désir la terrifiait. Elle rêvait de se jeter dans un lit avec lui, de tout laisser s'éloigner sur un fleuve de sensations. Qu'il la touche, qu'elle sente courir sur son corps nu ses mains masculines fébriles et qu'il la conduise dans un lieu où le passé n'a pas de sens, et l'avenir pas d'importance. Un lieu où seul compte le moment présent, absorbant et splendide. Elle sentirait son cœur battre contre le sien, arquerait son corps pour qu'il la pénètre, qu'elle l'engloutisse en elle. Alors...

Le son d'un livre qu'on claque la fit sursauter.

— Une pause ! ordonna Cade. Les yeux vous sortent de la tête.

— Oh, je...

Les yeux écarquillés, Virginia contemplait Cade. « Mon Dieu ! » songea-t-elle avec désarroi. Elle tremblait de tous ses membres, vivement excitée par sa rêverie intérieure, le pouls battant la chamade.

— Voyez ! Vous êtes toute rouge. Je vais vous chercher de l'eau.

Toute rouge ? Virginia n'en revenait pas. Cade ne remarquait-il donc pas qu'elle était comme une flaque qui se meurt du désir d'être lapée ?

Cade revint avec un verre tintant de glaçons.

— Que diriez-vous de steaks au gril pour le dîner ? Mais d'abord, dit-il en l'entraînant dehors par la main, un peu d'air vous fera du bien.

Prenant le verre de Virginia, il le posa sur la petite table en fer forgé près du hamac, avec sa chope de bière.

— Nous allons regarder le ciel ensemble, annonça-t-il.

Réticente, Virginia demeurait sur ses gardes. S'allonger sur le hamac avec Cade, alors que ses sens exigeaient encore satisfaction ?

— Je ne crois pas que...

Pour couper court aux hésitations de la jeune femme, Cade la fit basculer dans le hamac et se mit à rire lorsqu'elle chercha à recouvrer son équilibre.

S'installant près d'elle, il passa son bras sous la tête de Virginia, et conseilla :

— Détendez-vous ! Ce hamac est un de mes coins favoris. Je l'ai toujours vu ici, aussi loin que je remonte en arrière. Regardez, on voit des petits bouts de ciel à travers le feuillage !

Il faisait doux à l'ombre des érables, et Virginia sentit battre le cœur de Cade tandis qu'il joignait leurs quatre mains sur son torse.

— J'ai beaucoup rêvé, bâti beaucoup de plans dans ce hamac.

Choquée de sentir à quel point elle désirait rouler sur Cade, Virginia s'intima l'ordre de se détendre.

— Tout devient plus simple, vu d'un hamac, plaisanta Cade.

Il mêla les doigts de Virginia aux siens, y déposa de petits baisers.

— Vous me faites confiance ? demanda-t-il soudain.

A cet instant, le cœur chaviré, Virginia eut le sentiment de n'avoir jamais autant fait confiance à quiconque.

— Oui, murmura-t-elle.

— Jouons à un jeu !

Sans se faire prier, les possibilités érotiques fusèrent dans l'esprit de Virginia.

— Un… jeu ?

— Je vous donne un mot, expliqua-t-il, et, sans réfléchir, vous me dites ce qui vous vient en tête.

Opinant, elle ferma les yeux et se laissa bercer par le balancement du hamac.

— On commence ?…, demanda Cade. Ville.

— Foule.

— Désert.

— Soleil.

— Travail.

— Satisfaction.

— Feu.

— Bleu.

Comme elle ouvrait les yeux et tentait de bouger, Cade la serra davantage contre lui.

— Non, ne vous arrêtez pas pour analyser vos réponses. Prête ? Amour.

— Amies.

Elle poussa un soupir et se détendit.

— Amies, répéta-t-elle.

— Famille.

— Maman.

Un petit gémissement involontaire échappa à Virginia.

— Heureuse.

— Enfance.

— Diamant.

— Pouvoir.

— Eclair.

— Meurtre.

Le souffle court, Virginia enfouit son visage contre l'épaule de Cade.

— Je ne peux pas…

— D'accord. Ça suffit pour le moment.

Cade caressa les cheveux de Virginia. Ses mains étaient douces, mais son regard brûlait tandis qu'il contemplait le ciel à travers la voûte du feuillage.

Il ferait payer le prix fort à la personne qui terrorisait Virginia.

Tandis que Cade berçait Virginia dans ses bras sous les érables, un autre homme se tenait debout sur une vaste terrasse surplombant un panorama de collines doucement ondulées, de jardins soignés et de jets d'eau.

La rage le consumait.

La femme avait disparu de la surface de la terre avec son bien. Et ses forces à lui étaient à présent aussi éparpillées que l'étaient les trois étoiles.

Pourtant, tout aurait dû être simple. Il les avait eues à portée de main. Mais cet espèce d'idiot avait pris peur. A moins qu'il ne soit devenu trop gourmand ? Dans les deux hypothèses, il avait laissé la femme s'échapper. Et les diamants avec elle.

Trop de temps avait passé, pensa-t-il en tapotant de ses ongles manucurés la rambarde de pierre de la terrasse. Une des femmes avait disparu, l'autre était en fuite. Quant à la troisième, elle se montrait incapable de répondre à ses questions.

Il fallait réagir. Réagir vite. Le calendrier tombait à l'eau. Tout cela par la faute d'une seule personne.

Rentrant dans son bureau, il prit le combiné du téléphone.

— Amenez-le-moi, ordonna-t-il.

Puis il reposa le combiné avec l'arrogance tranquille de qui a l'habitude d'être obéi.

Chapitre 6

Samedi soir. Cade emmena Virginia danser. Elle avait besoin de se distraire, d'entendre de la musique, avait-il décidé. De faire l'expérience de la vraie vie.

Et quelle expérience ! Jamais Virginia n'avait rien vu de semblable. De cela au moins, elle ne doutait pas. Le club du centre de Georgetown, bondé, vibrait de vie, du sol au plafond. La musique était si forte qu'elle ne parvenait pas à penser.

Dans cet espace encombré et bruyant, tout l'étonnait. Les gens ne paraissaient pas se connaître les uns les autres, et pourtant les couples enlacés sur la petite piste de danse faisaient l'amour plus qu'ils ne chaloupaient.

Cade commanda deux sodas, dénicha une table, et se concentra sur le spectacle. Ou, plutôt, il se concentra sur Virginia observant le spectacle.

Les lumières clignotaient, les voix s'entremêlaient, et personne ne semblait avoir le moindre souci.

— Vous passez tous vos week-ends comme ça ? hurla-t-elle pour couvrir la rumeur grondante des voix et des pieds battant la mesure.

— De temps en temps seulement...

En fait, presque jamais, songea Cade. Pas beaucoup, depuis ses années de jeunesse, en tout cas. S'il avait choisi de venir ici ce soir, ce n'était pas pour lui mais dans le seul but d'empêcher Virginia de ressasser encore et encore

Il glissa son bras autour des épaules de la jeune femme et demanda :

— Alors, ce jazz, ça vous rappelle quelque chose ?

— Je ne sais qu'une chose : ça n'a rien à voir avec l'*Hymne à la joie* !

La réplique amusa Cade.

— Dansons ! décida-t-il en entraînant Virginia sur la piste.

Panique instantanée. La main de Virginia devint moite, ses yeux s'agrandirent de déplaisir.

— Mais... je ne sais pas danser !

Cade la tirait entre les tables, zigzaguait, bousculait des gens.

— Enfin, Virginia ! L'endroit est si petit que nous sommes serrés comme des sardines. Inutile de *savoir* danser !

On lui marchait sur les pieds, la côtoyait sans ménagement.

— J'aimerais mieux regarder, protesta-t-elle.

L'entourant de ses bras, Cade posa ses mains sur les hanches de Virginia d'une façon si intime et possessive qu'elle en eut le souffle coupé. Lorsqu'il se mit à bouger contre elle de manière suggestive, elle murmura :

— Je n'ai jamais fait ça…

Les lumières tournaient, clignotaient, lui donnaient le vertige.

Très probable, en effet, qu'elle n'ait jamais dansé dans un tel endroit, songea Cade. Il y avait quelque chose de trop innocent dans la façon gauche de se mouvoir de cette femme, dans les couleurs qui lui montaient aux joues.

Il lui posa une main au creux des reins, et demanda :

— Mettez vos bras autour de mon cou, et embrassez-moi.

— Pardon ?

La musique emplissait la tête de Virginia. La chaleur de ce corps d'homme contre le sien, la chaleur des autres corps la brûlaient de partout. Elle ne pouvait respirer, ne pouvait penser. Mais quand la bouche de son compagnon s'empara de la sienne, toutes ses réticences disparurent.

Sa tête continuait de résonner au rythme de la musique. L'air était toujours étouffant, lourd de fumée de cigarettes, chargé d'odeurs de sueur, d'alcool et de parfums féminins qui se contrariaient. Et pourtant, elle n'y faisait plus attention. Elle se laissait bercer par Cade, tandis que ses lèvres s'entrouvraient et qu'elle s'enivrait de lui.

— Si nous étions à la maison, cela nous conduirait au lit, murmura Cade à l'oreille de Virginia.

Il laissa errer sa bouche dans le cou de sa compagne. Elle portait le parfum qu'il avait choisi pour elle. Un parfum tellement intime…

— Je vous veux dans mon lit… je me veux en vous…

Virginia ferma les yeux, se lova contre lui. Sans doute possible, personne ne lui avait fait cette déclaration auparavant. Elle n'aurait pu oublier l'excitation violente qu'elle éprouvait en cet instant. Ni cette peur tenaillante. Elle enfouit les doigts dans les cheveux de Cade.

— Tout à l'heure, je…

— Je sais. J'aurais pu vous prendre, vous croyez que je ne m'en suis pas aperçu ?

Pour attiser leur désir, Cade effleura la gorge de Virginia de ses lèvres.

— C'est pourquoi nous sommes ici, et pas à la maison. Vous n'êtes pas prête pour ce que j'attends de vous.

— Tout ceci n'a aucun sens, murmura-t-elle.

— Quelle importance ? Profitons de l'instant.

Lui soulevant le menton, Cade embrassa Virginia jusqu'à ce qu'elle en perde la respiration. Puis il lui mordilla la lèvre inférieure avec gourmandise, et chuchota :

— L'instant peut être très excitant… ou très tendre, ajouta-t-il.

Et là, sans prévenir, il fit tournoyer Virginia sur elle-même, avant de la plaquer de nouveau contre lui.

— … Ou amusant, acheva-t-il. C'est au choix.

Virginia plaça fermement ses mains sur les épaules de Cade.

— Contentons-nous des choses amusantes, pour le moment, suggéra-t-elle.

— Entendu !

De nouveau, il fit tournoyer Virginia, et ses yeux brillèrent de plaisir lorsqu'elle éclata de rire. Ils se mouvaient à présent au milieu des danseurs alanguis, se lâchaient, se reprenaient. Elle manqua un pas, et frôla un grand gaillard au crâne rasé, qui la saisit aux épaules et la replaça dans les bras de Cade en riant. Un peu plus tard, alors que le rythme de la musique avait changé, elle se trouva retenue au milieu d'un groupe de jeunes qui gesticulaient joyeusement en cercle. Elle se prit au jeu, tenta de se mettre à leur rythme, puis fut rejetée une nouvelle fois dans les bras de Cade.

— Je m'amuse comme une folle !

Son visage embrasé, son rire heureux enchantèrent Cade.

A ce moment-là, le volume de la musique baissa, le rythme changea encore.

— Un autre slow, dit Cade en attirant Virginia contre lui. Vous n'avez qu'à vous coller à moi.

— C'est déjà fait, je crois !

— Plus près...

Cade glissa une jambe entre celles de Virginia, ses mains glissèrent aussi, pour se poser très bas sur les hanches de la jeune femme. La musique se fit langoureuse et triste. L'état d'esprit de Virginia se transforma en conséquence. De l'ivresse innocente, elle versa dans la mélancolie. Et tout en nichant sa joue dans l'épaule de Cade, elle murmura :

— Ce que nous faisons n'est pas très malin...

— Soyons insouciants, le temps d'une danse.

— Ça ne durera pas, vous le savez.

— Chut... Cela durera aussi longtemps que nous le voudrons...

« Alors, que cela dure toujours », songea-t-elle, agrippée à Cade. Pourtant, elle prononça des mots différents :

— Je ne suis pas une image. Je suis une femme de chair et de sang dont la mémoire s'est juste effacée pour un temps. Ce que nous allons découvrir sur mon compte ne nous plaira peut-être pas... ni à vous ni à moi.

Cade la respirait, la touchait, la goûtait.

— Je sais de vous tout ce que je veux savoir.

Elle secoua la tête.

— Pas moi.

Se reculant, elle regarda Cade droit dans les yeux.

— Pas moi, répéta-t-elle.

Et elle lui échappa.

Quand Virginia s'était enfuie, Cade n'avait pas cherché à la retenir.

Elle se précipita dans les toilettes. Elle avait besoin de solitude. Reprendre ses esprits. Se souvenir que sa vie n'avait pas débuté lorsqu'elle avait pénétré dans un petit bureau confiné et vu Cade Parris pour la première fois.

Les toilettes étaient presque aussi bondées que la piste de danse. Des femmes se remaquillaient, se plaignaient des autres femmes, parlaient des hommes. La pièce empestait la laque, la transpiration, les parfums divers.

Virginia fit couler l'eau froide, et s'en aspergea le visage. Elle venait de danser dans un night-club bruyant, avait ri, s'était laissé caresser devant tout le monde par l'homme qu'elle désirait. Lorsqu'elle leva le regard vers son visage dans le miroir, une certitude l'envahit : rien de tout cela ne lui était habituel. Au contraire, c'était entièrement nouveau. Aussi nouveau que Cade

Parris. Comment tout ceci cadrerait-il avec sa vie réelle ?

Tout arrivait si vite ! pensa-t-elle en cherchant sa brosse à cheveux dans son sac à main. Un sac offert par Cade, ainsi que la brosse. Tout ce qu'elle possédait à l'heure actuelle, elle le lui devait. Se sentait-elle, en conséquence, redevable ? Reconnaissante ? N'éprouvait-elle pour lui qu'un simple désir physique qui s'évanouirait aussi vite qu'il était né ?

Virginia tourna son regard vers les femmes qui l'entouraient. Pas une d'entre elles ne se posait ce genre de questions. D'un instant à l'autre, elles retourneraient danser. Ce soir, elles feraient l'amour, si l'occasion se présentait. Et demain matin, elles reprendraient tranquillement le cours de leur existence.

Mais ces questions, elle devait se les poser. Et où trouver la réponse, si elle ne se connaissait pas elle-même ? Dans ces conditions, comment se donner à Cade, prendre ce qu'il lui offrait ?

« Remets de l'ordre en toi-même ! » s'intima-t-elle en se brossant les cheveux. Retour à la raison, aux choses pratiques, au calme.

Satisfaite de sa coiffure, elle remettait sa brosse dans son sac lorsqu'une femme pénétra en trombe dans les toilettes. Une femme rousse spectaculaire, tout en jambes et en arrogance, les cheveux coupés court, sanglée dans un jean.

— Le sale type m'a mis la main aux fesses, bougonna-t-elle.

Sur ce, elle s'enferma dans une cabine et claqua la porte derrière elle.

Alors, soudain, la vision de Virginia se voila. Un accès de vertige l'obligea à s'accrocher au lavabo. Une nouvelle fois, elle s'aspergea le visage d'eau. Quand elle jugea que ses jambes pouvaient la porter, elle sortit des toilettes, et replongea dans l'atmosphère bruyante et enfumée. On la bousculait, lui marchait sur les pieds, sans qu'elle le remarque. Un homme lui offrit à boire, un autre, éméché, lui proposa de l'argent. Elle traversa tout cela sans rien voir, abreuvée de lumières, encerclée de visages inconnus.

Quand Cade la rejoignit, elle était blanche comme un linge. Sans un mot, il la prit par le bras et la guida vers la sortie.

— Jamais je n'aurais dû vous conduire dans un lieu pareil, dit-il lorsqu'ils furent à l'air libre.

— Au contraire. Je me suis bien amusée. Mais j'avais besoin de respirer…

— Il y a un café au bout de la rue.

Encore lasse, Virginia s'accrocha au bras de Cade, et se laissa guider. La basse du night-club faisait vibrer le trottoir. Quant au café, il était tout aussi fréquenté que la boîte de nuit.

— Je vous ai fait une cour assez pressante, s'excusa Cade en avançant une chaise à Virginia.

— Ça me flatte.

Cade s'assit en face d'elle, avide de précisions.

— Comment ça ?

— Vous êtes un homme incroyablement séduisant, et cette ville grouille de femmes plus belles les unes que les autres. Je suis donc flattée que vous vous intéressiez à moi.

— C'est déjà quelque chose. Je m'en contenterai pour le moment.

Un serveur les aperçut, se précipita vers eux et prit leur commande.

Quand il eut disparu, Cade se pencha vers Virginia.

— Vous retrouvez des couleurs, constata-t-il.

— Je me sens mieux. Une femme est entrée dans les toilettes tout à l'heure.

— Elle vous a agressée ?

Touchée par l'instinct protecteur de Cade, Virginia posa sa main sur la sienne en signe de gratitude.

— Je me sentais fatiguée quand elle est arrivée. L'espace d'une seconde, j'ai cru que je la connaissais.

Cade retourna la main de Virginia et y déposa un baiser.

— Plus exactement, j'ai reconnu son « type », poursuivit-elle. Sûre d'elle, rousse, joliment faite et moulée dans un jean. Du caractère. Une fille qui ne passe pas inaperçue...

Fermant les yeux, Virginia exhala un soupir, et les rouvrit aussitôt.

— Stella ! C'est le genre de Stella !

— C'est le nom qui correspond à l'initiale S., sur le petit mot que vous avez trouvé dans votre poche !

Virginia se massa les tempes du bout des doigts.

— Les choses sont là, quelque part dans ma tête. Ça a beau être vital, je n'arrive pas à me focaliser dessus. Pourtant, il existe une femme qui fait partie intégrante de ma vie. Et je suis sûre que pour elle quelque chose ne va pas.

— Vous la pensez en danger ?

— Je ne sais pas. Quand une image se forme dans ma tête, quand je la vois presque, elle a l'air toute confiance en soi et compétence. Comme si rien ne pouvait mal tourner. Mais je sais que quelque chose ne va pas. Par ma faute.

Cade secoua la tête. Le sentiment de culpabilité de Virginia ne les mènerait à rien.

— Dites-moi ce que vous voyez quand l'image se forme.

— Des cheveux courts, très roux. De beaux traits, dessinés. Des yeux verts. Si j'étais artiste, je pourrais presque faire son portrait tant l'image que j'ai d'elle est précise.

— Essayez ! dit-il en sortant de sa poche un bloc-notes et un crayon.

Concentrée à l'extrême, Virginia essaya de capter l'image... Elle renonça bientôt avec un soupir.

— Une chose est sûre : je ne suis pas dessinatrice, conclut-elle.

Le dessin maladroit éveilla le sourire de Cade.

— Pensez-vous pouvoir la décrire ?

— Je ne sais pas... Je la vois moins clairement, soudain.

— Les artistes que la police emploie sont très forts pour concrétiser ce qu'on leur décrit.

Virginia reposa la tasse qu'elle portait à ses lèvres.

— La police ?

— En toute confidentialité. Faites-moi confiance.

Le mot « police » sonnait aux oreilles de Virginia comme un signal d'alarme.

— D'accord, articula-t-elle cependant.

— Nous avons un élément nouveau. Stella est une femme. Une grande rousse à l'air contrarié. Vous étiez avec elle dans le désert.

— Elle fait partie du rêve...

Soleil, ciel et roches. Plaisir. Puis peur.

— Nous étions trois dans le rêve, reprit Virginia, mais rien n'est clair.

Elle plongea son regard dans sa tasse de café

écumeux. Sa vie ressemblait à cela : un nuage en cachait le centre.

— Nous avançons pas à pas, déclara Cade sur un ton encourageant. On met un pied devant l'autre, et on voit ce que ça donne.

Les yeux toujours fixés sur sa tasse, Virginia demanda à brûle-pourpoint :

— Pourquoi avez-vous épousé quelqu'un que vous n'aimiez pas ?

Surpris de ce brusque changement de cap, Cade s'appuya au dossier de sa chaise et inspira profondément.

— Excusez-moi, se reprit Virginia. Cela ne me regarde pas...

Cade tapotait la table d'une main nerveuse.

— Je ne sais pas, répliqua-t-il enfin. Je pourrais répondre que j'étais las de subir les pressions de ma famille, mais ce serait une échappatoire. Personne ne m'a menacé d'un revolver sur la tempe, et j'étais majeur.

Reconnaître les faits n'était pas chose facile, remarqua Cade en son for intérieur. Seule l'honnêteté envers Virginia le poussait à affronter la vérité sans faux-fuyants.

— Nous nous aimions bien, avant de nous épouser. Mais deux mois de mariage ont suffi à détruire notre amitié.

Devant l'air malheureux que les souvenirs de

son mariage provoquaient chez Cade, Virginia se sentit honteuse.

— Laissons tomber ce sujet, que je n'aurais jamais dû aborder, proposa-t-elle.

Sans paraître l'entendre, Cade poursuivit en la regardant droit dans les yeux :

— Sexuellement, ça a très bien marché entre nous, jusqu'à la fin. Notre mariage a duré deux ans. Deux ans de sexualité réussie, mais sans y mettre le cœur. Nous nous moquions éperdument de l'autre, en fait.

Deux étrangers partageant la même maison, se remémora-t-il. Voilà à quoi se résumait leur union.

— Pas la moindre âme dans notre mariage. Une eau calme, morne, ennuyeuse. Quand nous en avons eu assez de cette situation, les avocats sont entrés en lice. La haine s'est alors installée entre nous, et nous sommes devenus méchants l'un envers l'autre.

— Votre femme vous aimait-elle ?

— Non, répondit-il spontanément.

Le regard perdu dans le vide, Cade fronça les sourcils, décidé à demeurer honnête. La réponse avait fusé, triste et blessante.

— Non, répéta-t-il. Pas davantage que je ne l'aimais.

Sortant son portefeuille de sa poche, Cade régla les cafés et se leva.

— Vous méritiez mieux que cela, commenta Virginia en effleurant le bras de son compagnon.

Cade contempla la main sur son bras, les doigts délicats, les jolies bagues.

— Oui, bougonna-t-il. Elle aussi, d'ailleurs. Mais il est un peu tard pour le reconnaître.

Il leva la main de Virginia vers ses lèvres, de sorte que les bagues étincelèrent. De façon brutale, l'échec de son mariage raté lui était jeté au visage. Pas facile à admettre.

— Si un homme aimé vous avait passé au doigt une des bagues que vous portez, auriez-vous pu l'oublier ? demanda-t-il soudain.

— Je ne sais pas.

D'instinct, Virginia s'écarta de Cade et marcha à pas pressés vers la voiture.

— Je ne sais pas, lança-t-elle.

— Vous ne l'auriez pas oublié ! affirma-t-il d'une voix sourde, en la rattrapant. Vous n'auriez pas pu, si cet homme avait compté pour vous.

Sur ce, Cade embrassa Virginia à pleine bouche. Il la plaquait durement contre la carrosserie de la voiture, le cœur ravagé de frustration et le corps douloureux de besoins, de désirs. Envolés la patience, le jeu subtil de la séduction. Ne restaient que les exigences à l'état brut. Il la voulait faible, cramponnée à lui, capable de n'importe quoi, comme lui. Abandonnée à l'instant présent.

La panique submergea Virginia, lui ôtant le souffle. Elle ne pouvait répondre à cette exigence violente, vitale. Elle n'y était pas préparée. Elle n'entrevit qu'une issue : s'abandonner complètement, sans réfléchir, espérer qu'il n'irait pas jusqu'à la faire souffrir. Elle céda à cet accès de désir stupéfiant, au pouvoir renversant du désir déchaîné en se disant qu'elle n'y survivrait pas.

Elle tremblait de tous ses membres, et cela rendait Cade furieux. Lui faisait honte. De toute évidence, il avait presque envie de la blesser. Ne se souviendrait-elle pas de lui pour toujours, s'il la blessait ? La souffrance ne s'oublie-t-elle pas moins facilement que la gentillesse ?

Au milieu de sa violence, un dilemme le ravageait. D'une part, si elle l'oubliait, il en mourrait. D'un autre côté, s'il la violentait, il tuait en lui tout ce qui, à ses propres yeux, avait une valeur.

Reculant d'un pas, Cade libéra Virginia, et la contempla, hébété. Immédiatement, elle croisa les bras contre sa poitrine en un geste défensif qui lui déchira le cœur. Une voiture passa près d'eux, et il se sentit pris dans le faisceau lumineux comme un cerf aux abois. Désarmé, il leva les bras, paumes ouvertes. Lui qui perdait rarement son sang-froid, que lui prenait-il ?

— Excusez-moi, murmura-t-il. Je vous ramène.

*
* *

Quand il eut raccompagné Virginia dans sa chambre, que sa lumière se fut éteinte, Cade s'allongea dans le hamac, d'où il pouvait surveiller la fenêtre, et fit son examen de conscience. Ce qui avait déclenché sa fureur destructrice, ce n'était pas tant le fait de repenser à sa propre vie. Il en connaissait trop les hauts et les bas, les erreurs et les faux pas. Non, ce qui l'avait mis hors de lui, c'étaient les bagues, aux doigts de Virginia. Tout à coup, il avait envisagé l'éventualité repoussée jusqu'alors : une de ces bagues était peut-être le gage d'amour d'un homme. Un homme qui attendait quelque part qu'elle se souvienne de sa vie.

Cela n'avait rien à voir avec le sexe. Le sexe, c'était l'aspect le plus simple de leur relation. Elle se serait donnée à lui, l'autre soir. Quand il était revenu, avec le verre d'eau, il savait qu'elle était en train de penser à lui. Le désirait. Sans doute avait-il été idiot, alors, de renoncer à elle. Mais s'il ne s'était pas servi, c'était parce qu'il voulait davantage. Bien davantage.

Il voulait l'amour, et cela n'était pas raisonnable.

Virginia était à la dérive, perdue et effrayée, plongée dans une situation que ni l'un ni l'autre n'arrivaient à élucider. Et lui, malgré cela, exigeait qu'elle lui tombe dans les bras sans réserve, comme lui était tombé amoureux d'elle.

Non, ce n'était pas raisonnable.

Mais au diable la raison ! D'abord, il tuerait le dragon qui la poursuivait, quel que soit le prix à payer. Puis il se battrait contre quiconque se mettrait en travers de sa volonté de la garder. Même s'il fallait lutter contre Virginia elle-même.

Lorsqu'il s'endormit enfin, il rêva. Rêva de dragons, de nuits noires, et d'une fille blonde enfermée. Elle travaillait de ses mains la paille qui se transformait en gros diamants bleus...

Quand Virginia s'endormit, elle rêva aussi. Rêva d'éclairs, de terreur, de fuite dans la nuit avec, entre les mains, le pouvoir des dieux.

Chapitre 7

Malgré une mauvaise nuit, Virginia s'éveilla aux environs de 7 heures. Avait-elle une horloge interne réglée sur cette heure matinale ? se demanda-t-elle en prenant sa douche. Encore un élément de son « portrait » qui lui manquait…

Lorsqu'elle fut prête, elle descendit préparer le café. Elle le savait, Cade était en colère contre elle. Une colère froide et bouillonnante à la fois. Elle n'avait pas la moindre idée de ce qui lui permettrait d'amadouer cette colère. La veille, Cade n'avait pas desserré les dents de tout le trajet de retour. Un silence chargé d'électricité et de frustration et de désir bridé.

Avait-elle déjà provoqué la frustration sexuelle d'un homme, avant l'amnésie ? En tout cas, elle ne pouvait se défendre de l'intense satisfaction qu'elle éprouvait d'avoir allumé un homme tel que Cade.

Au-delà de ce sentiment de pouvoir et de triomphe, les changements d'humeur de Cade, rapides et imprévisibles, la surprenaient et la bouleversaient. Il lui semblait devoir tout réapprendre de la psychologie masculine. En savait-elle aussi peu sur les hommes que sur elle-même ? Les hommes se comportaient-ils toujours de cette façon — la façon Cade ? Dans l'affirmative, comment une femme intelligente survivait-elle à une telle situation ? Devait-elle adopter froideur et distance en attendant que l'homme s'explique ? Serait-il mieux venu de se montrer amicale, comme si rien ne s'était passé ?

Comme si Cade ne l'avait pas embrassée fougueusement ?

Comme s'il n'avait pas posé les mains sur elle en propriétaire sûr de son bon droit ?

Comme si c'était la chose la plus naturelle du monde que de déclencher, d'instinct, *le* désir animal chez une femme ?

L'humeur de Virginia s'assombrissait. Comme une automate, elle ouvrit la porte du réfrigérateur, sortit le lait, absorbée dans ses incertitudes... Devait-elle, parce qu'elle avait perdu la mémoire, suivre comme un mouton la direction que choisissait pour elle Cade Parris ? Alors, s'il lui désignait le lit, était-elle censée s'y jeter ?

Non !... Elle s'insurgea. Elle était adulte, capable de prendre ses propres décisions. Nom d'un chien ! Amnésique, peut-être, mais ni stupide ni totalement désarmée ! Elle avait su, malgré son handicap, faire appel à un détective privé, sortir la tête de l'eau ! Etre privée, pour l'instant, de tout repère qui puisse guider sa vie ne l'empêchait nullement de commencer quelque part selon son *intuition* !

Elle ne serait pas la chose de Cade Parris. Il ne la manipulerait pas et elle n'agirait pas en victime !

D'un geste rageur, elle posa la brique de lait sur la table, et alla se poster devant la fenêtre pour voir ce qu'« il » était en train de faire. Qu'il fût endormi paisiblement dans son hamac acheva de l'exaspérer ! Les lèvres pincées de colère, les poings crispés, elle sentit monter l'explosion. Incapable de se retenir, elle céda à l'impulsion et se précipita à l'extérieur...

— Pour qui vous prenez-vous ?

Cade se réveilla en sursaut, et s'agrippa aux bords du hamac pour conserver son équilibre.

— Quoi ? maugréa-t-il.

— Ne faites pas l'imbécile ! Ecoutez-moi, plutôt ! Voilà ce que j'ai à vous dire : je prends mes propres décisions, je dirige ma vie comme je l'entends. J'ai fait appel à vous pour que vous m'aidiez à retrouver qui je suis, pas pour que vous boudiez quand je n'accepte pas de me coucher dans votre lit.

Encore abruti de sommeil, Cade se frotta les

yeux et se concentra. Virginia semblait folle de rage et lui faisait face.

— Mais… de quoi parlez-vous ? Je ne boude pas ! Je…

— Oh, que si ! Dormir dans le jardin, dans ce hamac, comme un mari éconduit qui se réfugie sur le canapé du salon !

L'irritation commençait à chatouiller Cade. Il détestait être pris au saut du lit ! Si, en plus, il devait se justifier…

Très agitée, marchant de long en large, Virginia continuait :

— M'emmener danser ! Tenter de me séduire sur la piste de danse ! Puis faire un caprice parce que je…

Un « caprice » ? Le mot blessa Cade.

— Ecoutez, mon chou…, commença-t-il.

— Ne m'appelez pas « mon chou » sur ce ton !

Les yeux de Cade s'étrécirent jusqu'à menacer du pire.

— D'accord ! Si mon ton ne vous convient pas, je vais en essayer un autre. Nous verrons bien comment…

La phrase de Cade s'acheva en un juron. Virginia venait en effet de donner une secousse telle au hamac qu'il était tombé, le visage dans la terre. C'était sans doute ce qu'on appelait « perdre la face » ?

Sous le choc de son geste impulsif, Virginia

fut tentée de s'excuser. Mais comme tout tour-
noyait autour d'elle, elle fit volte-face, releva
le menton d'un air de défi, et marcha vers la
grille du jardin.

Cade était tombé avec un bruit mou. Il était
même certain d'avoir entendu ses os craquer.
Qu'importe ! Il fut sur pied en un instant, et,
ignorant la douleur, il rattrapa Virginia avant
qu'elle n'atteigne la rue. Là il lui fit faire volte-
face sans ménagement.

— Quelle mouche vous a piquée ? demanda-t-il.

Le sang bourdonnait aux oreilles de Virginia,
son cœur battait à se rompre, mais elle ne recula
pas.

— Vous l'avez bien mérité !

— Pourquoi ?

— Laissez-moi passer. Je vais faire un tour.

— Pas question, répliqua-t-il fermement.

— Vous ne pouvez me dicter ma conduite !

— Au contraire ! Vous êtes complètement
hystérique, et il faut que quelqu'un soit raisonnable pour vous !

Le vase déborda. Ulcérée, Virginia s'emporta :

— Si j'étais hystérique, comme vous dites, je
vous arracherais votre petit sourire méprisant
avec les ongles, avant de vous arracher aussi
ces yeux arrogants et de…

Pour Cade aussi, la coupe était pleine. Il saisit
Virginia à bras-le-corps, et la transporta dans la

cuisine. Elle gigotait, se débattait, mais il était bien décidé à la calmer.

Tant bien que mal, il réussit à la clouer sur une chaise, où il la maintint d'une ferme pression des mains sur ses épaules. A présent, il contrôlait la situation. Alors, il s'approcha — près, très près, jusqu'à n'être plus qu'à un souffle du visage de Virginia — puis déclara avec une sécheresse de couperet :

— Vous allez arrêter ça.

— Je ne veux plus de vos services ! hurla-t-elle, tandis que des éclairs furieux faisaient briller son regard.

Cade prit du recul. Sans quitter Virginia des yeux, il se servit une rasade de café, et l'avala d'une traite. Puis il secoua la tête, et murmura — surtout pour lui-même :

— Comme il vous plaira. Bon sang ! Quelle façon d'entamer une journée !

La tête prise dans un étau, sonné par la chute, il n'avait plus qu'à se chercher un tube d'aspirine dans un tiroir... Voilà, il avait mis la main dessus, dans ce maudit tiroir plein de quincaillerie ! Quelques secondes, il batailla avec la capsule du tube. Quelques secondes de trop. Alors, il implosa.

D'elle-même, sa main s'empara d'un couteau de cuisine ; de lui-même, tout son corps se crispa et se ramassa en force pour faire volte-face. Et là, les dents serrées, il fit front à Virginia.

— Maintenant, écoutez-moi bien…, commença-t-il.

Il n'eut pas le loisir d'en dire davantage. A ce moment-là, les yeux de Virginia roulèrent dans leurs orbites, elle glissa de la chaise et s'évanouit.

— Virginia, revenez, revenez à vous, murmurait Cade.

Il lui rafraîchissait le visage, lui prenait le pouls et se maudissait pour avoir malmené cette femme si fragile. Etait-il devenu fou, l'espace d'un instant de rage ?

Enfin, Virginia gémit, remua, puis papillonna des yeux ; Cade pressa de ses lèvres sa main encore sans force, et lui caressa les cheveux.

— Je suis là, mon cœur, assura-t-il.

Mais, les yeux grands ouverts, elle ne voyait rien. Elle s'agrippa à la chemise de Cade, le visage empreint de terreur.

— Il va me tuer, dit-elle en cherchant son souffle.

— Personne ne vous fera de mal. Détendez-vous.

— Il a un couteau. S'il me trouve, il me tuera.

Cade s'efforça au calme, décrispa les doigts de Virginia de sa chemise et lui tint les mains.

— Qui a un couteau ? Qui va vous tuer ?

— Lui… lui…

Elle pouvait presque voir la main frapper, l'éclair du couteau luire encore et encore.

— Il y a du sang partout. Partout. Le couteau. L'éclair. Je dois m'enfuir !

De nouveau maître de lui, Cade immobilisa Virginia et essaya de guider son délire.

— Dites-moi où vous vous trouvez.

— Dans le noir. La lumière s'éteint. Il va me tuer. Je dois m'enfuir.

— Vous enfuir où ?

Respirer enflammait la gorge et les poumons de Virginia comme si elle avait inhalé du dioxyde de carbone pur.

— N'importe. S'il me trouve…

Cade prit le visage de Virginia entre ses mains pour la contraindre à le regarder.

— Je ne le laisserai pas vous trouver. Calmez-vous.

Si elle continuait à respirer à cette cadence, elle allait s'asphyxier et s'évanouir de nouveau. Cette éventualité était insupportable à Cade.

— Vous êtes en sécurité, ici, vous me comprenez ?

Elle ferma les yeux et frissonna.

— Oui. De l'air, s'il vous plaît.

De nouveau, Cade la souleva dans ses bras, la transporta dans le jardin et la déposa — délicatement, cette fois — sur une chaise. Il prit place à côté d'elle.

Avec effort, Virginia filtra l'air qui menaçait de faire exploser ses poumons.

— Je vais mieux, déclara-t-elle au bout d'un moment.

Cade en doutait. Blanche comme un linge, elle tremblait et transpirait. Mais le souvenir, le retour de mémoire étaient proches, et il devait aider la jeune femme à faire surgir le passé empoisonné qui menaçait de l'étouffer et, même, de l'anéantir..

— Dites-moi ce dont vous vous souvenez, ordonna-t-il. Dites-le !

Malgré le poids qui oppressait toujours sa poitrine, rendant sa respiration difficile, Virginia s'exécuta.

— Ça vient par bribes… Quand vous teniez le couteau à la main…

De nouveau, la peur la tenailla. Elle ferma les yeux, laissa le soleil la réchauffer.

— Il y avait un couteau. Une longue lame incurvée. Très beau couteau. Avec un manche en os sculpté. Je l'ai déjà vu…

— Où ?

— Je ne sais pas. Il y avait des voix, des cris. Je n'entends pas ce qu'ils disent. C'est comme l'océan, des grondements sourds, violents.

Elle appuya ses mains sur ses oreilles comme pour empêcher les sons de lui parvenir.

— Et puis le sang. Partout sur le sol.

— Quelle sorte de sol ?

— De la moquette grise. L'éclair frappe, le couteau luit.

— Voyez-vous les éclairs par une fenêtre ?

— Je crois…

La scène qui se formait sous ses yeux se fondit dans une obscurité soudaine. Elle frissonna.

— C'est le noir. Je dois me cacher.

— Vous cacher où ?

— Dans un tout petit endroit. A peine une pièce. S'il me voit, je suis prise au piège. Il a le couteau. Je vois sa main sur le manche… c'est si près ! S'il se tourne…

— Parlez-moi de la main, demanda Cade d'une voix douce.

— Il fait sombre, mais il y a une lumière qui fouille l'obscurité. Elle me rejoint presque. Il tient le couteau, et les jointures de ses doigts sont blanches. Tachées de sang. Sa bague est tachée de sang aussi.

Cade dévisageait Virginia avec une intensité douloureuse, mais sa voix demeurait calme, rassurante.

— Quelle sorte de bague ?

— Un gros anneau en or jaune. Le cabochon est un rubis. De chaque côté, il y a de petits diamants taille brillant, qui forment des initiales stylisées. T et S. Les diamants sont rouges de sang. Si près que je sens l'odeur fade. S'il baisse la tête, il me verra. Me tuera. Me taillera en pièces.

Incapable de se contenir plus longtemps, Cade prit la jeune femme dans ses bras, et la serra contre lui.

— Il ne vous a pas trouvée, mon chou. Comment vous êtes-vous enfuie ?

Un soulagement intense s'empara de Virginia : les bras de Cade autour d'elle, sa joue contre la sienne, le soleil sur son dos. Elle aurait pu pleurer de gratitude.

— Je ne me souviens pas.

— Ça ne fait rien. C'est bon pour le moment.

Virginia se recula et regarda Cade droit dans les yeux.

— Je l'ai peut-être tué… avec le revolver qui se trouve dans mon sac de toile…

— Aucune balle ne manquait, rappela Cade.

— J'ai peut-être rechargé le barillet ensuite ?

— Plus qu'improbable. De plus, si vous l'aviez fait, c'était en état de légitime défense.

Loin d'être convaincue, Virginia jeta un regard circulaire au jardin, avec ses fleurs, sa jolie haie bien taillée, ses vieux arbres feuillus.

— Quelle sorte de personne suis-je ? J'ai sans

doute laissé quelqu'un se faire assassiner, sans bouger le petit doigt pour l'aider.

— Soyez raisonnable. Que pouviez-vous faire ?

— Appeler la police, murmura-t-elle. Je me suis contentée de fuir.

— Vous seriez morte, si vous n'aviez pas fui, rappela-t-il sèchement. Alors que vous êtes bien vivante, et que nous reconstituons le puzzle morceau par morceau.

Pour résister à la tentation, Cade se leva et fit les cent pas : il mourait d'envie de bercer Virginia contre lui, de lui faire oublier ses tourments. Cependant, il le savait, son devoir était tout autre.

— Résumons. Vous vous trouviez dans un bâtiment. Dans une pièce avec une moquette grise, et probablement une fenêtre. Une dispute a éclaté. Un homme avait un couteau, et s'en est servi. Ses initiales pourraient être T.S. Il vous a poursuivie, et vous vous êtes trouvée tout à coup dans le noir. Très certainement une coupure de courant, qui a privé le bâtiment d'électricité. A ce propos, une partie de North West D.C. a été privée d'électricité pendant deux heures, à cause d'un orage, la nuit qui a précédé notre rencontre. Voilà une piste intéressante. Vous connaissiez suffisamment bien les lieux pour courir vers une cachette. Conclusion possible : vous vivez ou travaillez dans ce bâtiment.

Les mains posées sagement dans son giron, Virginia portait aux déductions de Cade une intense attention.

— Tout cela date de plusieurs jours, maintenant, objecta-t-elle. Quelqu'un a dû trouver le... corps.

— Pas si le crime a eu lieu dans une maison particulière, ou dans un bureau fermé pour un long week-end. Il y a gros à parier que votre petit trio était seul dans les murs.

L'idée de Virginia seule dans le noir avec un assassin révulsa l'estomac de Cade.

— L'orage n'a éclaté que vers 10 heures du soir, ajouta-t-il.

Il existait une logique dans la pensée de Cade. Le raisonnement qui le menait de la théorie qu'il échafaudait vers les faits apaisa Virginia.

— Que faisons-nous maintenant ?

— Nous allons faire un tour dans le quartier qui a été privé d'électricité avant-hier. En partant de l'hôtel où vous vous êtes retrouvée. Soit vous vous y êtes rendue à pied, soit vous avez pris un bus ou le métro. J'ai déjà vérifié les taxis. Aucune compagnie n'a fait de course dans les parages de l'hôtel, cette nuit-là. Il y a de fortes chances que vous ayez atteint l'hôtel à pied. A mon sens, vous étiez trop secouée pour sauter dans un bus. Quant au métro, il ne fonctionne que jusqu'à minuit. Ça limite les chances que vous l'ayez pris.

Virginia opina, fixant ses ongles — ses griffes.

— Désolée de vous avoir agressé, tout à l'heure. Vous ne le méritez pas, avec tout ce que vous faites pour moi.

Les mains enfouies dans les poches de son pantalon, Cade protesta :

— Oh, si ! Je le méritais ! Je refuse le mot « caprice », mais à part ça, je n'étais pas dans mon assiette.

— Je vous ai fait mal en vous faisant tomber du hamac ?

— Mon ego en a pris un coup. Sans cela, non.

Une pointe de suffisance dans le regard, il pencha la tête de côté.

— Et je tiens à rectifier un point : sur la piste de danse, je n'ai pas essayé de vous séduire. Je vous ai bel et bien séduite.

Le pouls de Virginia s'accéléra. Il était si beau, debout dans le soleil matinal, les vêtements fripés, ses épais cheveux noirs en désordre, les fossettes qui creusaient ses joues, et cet air d'arrogance tranquille. Quelle femme n'aurait pas craqué ? En plus, il savait ce qu'il faisait !

— Blessure d'amour propre ou pas, votre ego semble en bonne santé ! ironisa-t-elle.

Avec un sourire sincère, elle ajouta :

— Je suis heureuse que vous ne soyez plus fâché. Je ne crois pas que j'aime les conflits.

Cade frotta son coude meurtri par la chute.

— Vous ne vous débrouillez pas mal... Je prends une douche, et nous allons faire une petite promenade dominicale.

Tant de bâtiments différents ! songea Virginia tandis que Cade conduisait. Des immeubles anciens, d'autres très modernes, de vieilles maisons croulantes, des façades restaurées. Faisait-il toujours ce temps humide en juillet ? Le ciel estival était-il toujours de ce blanc de papier ? Les fleurs étaient-elles toujours aussi luxuriantes et bien entretenues au pied des monuments publics ? Avait-elle déjà fréquenté ces restaurant, fait des courses dans ces magasins ? Le long des trottoirs, les grands arbres majestueux transformaient les rues en parcs. Jamais on ne se serait cru au cœur d'une grande ville.

— C'est comme si je voyais tout pour la première fois, murmura-t-elle. Je ne reconnais rien. Désolée.

— Pas grave. Les choses font clic ou pas.

Ils longèrent de belles maisons de brique et de granit, puis vint une série d'élégants magasins dans le vent. Un petit bruit de gorge échappa à Virginia.

Cade réagit aussitôt.

— Quelque chose fait clic ?

— Cette boutique, Chez Marguerite, hésita Virginia.

D'un coup de volant, Cade se rangea sur le bord du trottoir et fit un créneau.

— Allons jeter un coup d'œil. Tout est fermé, mais nous pouvons tout de même faire du lèche-vitrines.

— C'est peut-être simplement la robe qui m'a attiré l'œil, remarqua Virginia.

Une très jolie robe, de soie vaporeuse évasée, avec d'adorables fines bretelles et un bustier avantageux. L'étalagiste avait placé près de la robe un petit sac du soir argenté, et des hauts talons vertigineux dans le même ton. L'ensemble séduisait manifestement Virginia, nota Cade. Il aurait voulu que le magasin soit ouvert pour le lui offrir.

— C'est votre style, commenta-t-il.

— Et la rouge, dans le fond ! On doit se sentir forte et parfaite dans une telle robe... moi qui me cantonne dans les tons pastel...

« Essaie cet ensemble vert, Virginia. Il a du punch. Il n'y a rien de plus ennuyeux qu'une femme qui s'habille timidement. »

« Combien de temps allez-vous rester à faire joujou avec ces vêtements ? Je meurs de faim. »

« Oh ! Arrête ! Tu n'es contente que si tu

manges ou achètes des jeans. Virginia, non ! Pas ce beige triste. Le vert. Fais-moi confiance. »

— Elle m'a poussée à l'acheter… l'ensemble vert, murmura Virginia. Elle avait raison. Elle a toujours raison.

— Qui ? S. ?

— Non… Stella est impatiente, agacée. Faire les magasins représente pour elle une perte de temps.

— Stella ? S. pour Stella ?

Sa tête lui faisait mal. Elle allait exploser. Mais le besoin de savoir était plus fort, et Virginia s'accrochait, fouillait dans sa mémoire. Son estomac se souleva, sa peau devint moite de l'effort pour repousser la nausée. Soudain ses genoux flanchèrent, et sa voix se brisa :

— Diana… elle s'appelle Diana. Diana et Stella.

Les larmes emplirent ses yeux, roulèrent sur ses joues, et elle jeta ses bras autour du cou de Cade.

— Je me souviens… J'ai acheté un ensemble vert dans cette boutique.

— Bon travail ! la félicita Cade en la serrant brièvement contre lui.

Virginia pressa ses doigts sur ses tempes. La douleur lui vrillait le cerveau.

— C'est tout ce dont je me souviens. Quel intérêt, de se souvenir d'un ensemble ?

— Vous vous rappelez aussi vos amies. Elles comptent pour vous. C'est un moment heureux partagé avec elles qui vous revient à la mémoire.

— Je ne me les rappelle pas bien…

Déposant un baiser sur le front de Virginia, Cade la guida vers la voiture.

— En tout cas, ça revient… et de plus en plus vite.

Il l'installa sur le siège et boucla lui-même sa ceinture de sécurité.

— Forcément, ça vous fait mal…, expliqua-t-il. Nous allons vous acheter de l'aspirine, et puis nous continuerons.

Aucune discussion n'y changerait rien ! reconnut Virginia *in petto*. De toute façon, combattre à la fois Cade et le mal de tête était au-dessus de ses forces. Allongée sur son lit, elle le laissa donc arranger les oreillers dans son dos, et avala l'aspirine qu'il lui tendait avec un verre.

Quelques instants plus tard, il revint avec un plateau sur lequel fumait un grand bol de soupe.

— Bouillon de poule, annonça-t-il.

— J'aurais pu manger dans la cuisine ! protesta Virginia. J'ai un mal de tête, pas une tumeur au cerveau ! En plus, ça va beaucoup mieux.

— Acceptez d'être chouchoutée… Après, nous avons beaucoup à faire…

— Hum… délicieux ! dit-elle en goûtant la soupe. Vous avez ajouté du thym ?

— C'est la petite touche française.

Le sourire de Virginia s'estompa.

— Paris, murmura-t-elle. Quelque chose au sujet de Paris.

Comme elle essayait de se concentrer, son mal de tête se raviva.

— Laissez tout cela pour le moment, conseilla Cade. Votre subconscient vous informe indirectement, par le biais du mal de tête, que vous n'êtes pas prête à vous souvenir. Patience !

Virginia avala une cuillerée de soupe.

— Exquise ! Avec vos talents culinaires, je me demande comment votre femme a pu se séparer de vous !

— Mon ex-femme, rectifia Cade. En plus, nous avions un cuisinier.

— Oh… Vous voulez goûter ? demanda-t-elle.

Comme Cade acquiesçait, Virginia lui glissa une cuillerée de soupe dans la bouche.

— Je voulais vous demander…, hésita-t-elle. Cette jolie maison, ces meubles anciens, la voiture de sport, ça ne colle pas avec votre agence.

Cade se braqua.

— Que reprochez-vous à mon bureau ?

— A part son désordre, rien ! Sauf qu'il contraste avec le reste.

— J'ai un crédit pour mon agence, que je rembourse avec ce qu'elle me rapporte. Ça couvre tout juste les frais. Pour le reste, comme vous dites, j'ai une fortune personnelle.

— Vous êtes riche, si je comprends bien ?

— Question de définition. Ma famille place son argent dans l'immobilier et les centres commerciaux. Je suis issu d'une lignée de banquiers, avocats, médecins. Et moi je suis...

Ravie, Virginia acheva :

— ... le mouton noir de la famille. Vous ne vouliez être ni médecin, ni avocat, ni banquier.

— Je voulais être Sam Spade.

De plus en plus séduite, Virginia pouffa.

— *Le Faucon maltais* ! Grâce à Dieu, vous n'êtes pas banquier !

Cade saisit la main que Virginia avait posée sur sa joue, et la porta à ses lèvres.

La voix de Virginia prit de l'intensité.

— Je suis heureuse d'avoir choisi votre nom dans l'annuaire. De vous avoir trouvé.

— Moi aussi.

Il souleva le plateau qui les séparait et le déposa par terre. Même aveugle, il aurait compris le sens du regard que Virginia échangeait avec lui en ce moment précis. Il en fut bouleversé. Il fit glisser un doigt le long du cou de la jeune femme, et l'arrêta à l'endroit de la gorge où battait le pouls.

— Je pourrais prendre congé, à présent, dit-il d'une voix rauque. Mais ce n'est pas ce dont j'ai envie.

— Moi non plus, ce n'est pas ce dont j'ai envie...

C'était sa décision bien à elle, songea Virginia. Son choix.

Aussi, quand Cade lui prit le visage entre ses mains, elle ferma les yeux.

— Cade, j'ai peut-être fait quelque chose d'horrible.

Les lèvres de Cade effleurèrent la bouche de Virginia.

— Ça m'est égal.

— Il y a peut-être quelqu'un d'autre dans ma vie.

— Je m'en moque éperdument.

Virginia soupira longuement et se laissa aller au moment présent.

— Moi aussi, murmura-t-elle.

Et son murmure s'acheva dans un baiser.

Chapitre 8

Ainsi, c'était ça, être sous le corps d'un homme. Le corps dur, exigeant d'un homme. Qui vous désirait plus que toute autre femme. Pour le moment présent.

C'était à couper le souffle, étourdissant, à la fois excitant et éblouissant. Cette façon qu'il avait de lui passer les mains dans les cheveux tout en s'emparant de ses lèvres l'électrisait... Bouche contre bouche. Comme si lèvres et langues n'avaient d'autre vocation que se goûter l'une l'autre. Et elle s'enivrait de la peau de Cade : le grain, la souplesse, l'odeur, surtout, mâle et naturelle, sans aucun parfum coûteux qui l'aurait altérée. Quel que soit son passé, quel que soit son avenir, cet instant était précieux.

De ses mains, Virginia parcourut le dos de Cade. Il était merveilleux. La forme de son corps, la largeur de ses épaules, sa souplesse, sa taille étroite, les muscles fermes. Et sous la chemise, la peau lisse et chaude, fascinante.

Elle murmura :

— J'avais peur de ne pas réussir à te toucher.

Cade plongea les yeux dans ceux de Virginia.

— Je te désire depuis la seconde où je t'ai rencontrée. Je t'attendais, répondit-il.

— Ça n'a pas de sens. Nous…

— Chut… Profitons de l'instant.

Cade embrassa de nouveau Virginia. Son baiser était profond, il le voulait mœlleux, sensuel — très sensuel. Mais il voulait aussi aller doucement. Puisqu'il avait attendu toute sa vie ce moment, il pouvait bien patienter encore, prendre son temps pour toucher, explorer la bouche de Virginia, et tout son corps. Chacun des mouvements de la jeune femme, sous lui, était un don inestimable. Chaque soupir, un trésor. La tenir dans ses bras, ses cheveux d'or étalés sur le quilt ancien, abandonnée et frémissante, ressemblait au plus doux des rêves.

Ils étaient *faits* l'un pour l'autre.

Contempler Virginia, défaire les boutons du chemisier qu'il avait choisi pour elle, l'écarter centimètre par centimètre pour découvrir la chair nacrée, la rondeur des seins… c'était la seule chose au monde qu'il désirait. Il effleura les seins, leurs pointes ; la sentit frissonner en réponse, regarda ses yeux s'agrandir, devenir sombres, se voiler.

— Tu es la perfection, murmura-t-il en enfermant un sein dans sa main.

Il caressa des lèvres la limite entre chair et dentelle puis remonta lentement vers la gorge, la joue, la bouche de Virginia.

Virginia était en feu. Personne ne l'avait jamais embrassée avec une telle délicatesse, elle en était sûre. Elle se donna tout entière au baiser, murmura lorsque Cade lui ôta son chemisier, trembla lorsqu'il défit le soutien-gorge, repoussa la dentelle et dénuda ses seins, frissonna de tout son être sous ses lèvres taquines.

Comme c'était bon… Elle entendit ses soupirs devenir gémissements. Perdue dans le labyrinthe des sensations, elle se laissait conduire par les caresses de Cade, traversait la douceur fondante, le plaisir pur et parfois un peu de douleur. Chaque geste qu'il accomplissait suscitait en elle un enivrement nouveau, une excitation profonde. Quand elle lui ôta sa chemise, elle adora le frôlement de leurs peaux, mais aussi l'intimité des âmes. Son cœur battait et son corps dansait sous la caresse des lèvres de Cade, sous les petits mordillements de ses dents, la lente torture de sa langue.

Il lui sembla boire du miel, au moment où Cade laissa ses mains descendre le long de ses hanches, et faire glisser le pantalon qu'elle portait. L'air qu'elle respirait était sucré. Cade la touchait partout, à présent, de ses mains qui cheminaient lentement, avec douceur, maîtresses d'elles-mêmes mais mobiles, vivantes, et qui mettaient le feu graduellement. Un feu intense.

Elle gémit, murmura le nom de son amant, arquée contre lui, à la recherche de quelque chose qui lui échappait encore. Tout en posant sur elle son regard fiévreux, Cade fit agir la magie de ses mains jusqu'à l'ensorcellement. Et les sensations furent portées à leur paroxysme.

Cade regarda Virginia sombrer dans ses bras. Ce fut bien le nom de « Cade » qu'elle prononça quand le plaisir l'inonda ; ce fut bien à son corps à lui qu'elle s'accrocha lorsqu'elle se cambra dans un spasme exquis. *Son* nom, *son* corps et ceux de personne d'autre.

C'était ce qu'il avait toujours voulu.

Les lèvres de Virginia vibraient encore de son nom lorsqu'il l'embrassa farouchement. Il roula avec elle sur le lit, tendu dans le désir impérieux de prendre, de posséder. Aveuglé de convoitise, il se dénuda à son tour, frissonna contre le corps toujours ardent sur lequel il pesait.

Elle était plus généreuse que dans ses rêves les plus fous. Arquée contre lui, elle s'offrait comme si elle l'attendait depuis toujours, elle aussi. Alors, le cœur battant à se rompre, il se glissa en elle.

Le choc le glaça.

Il s'immobilisa, tendu comme la corde d'un arc. Mais Virginia l'enveloppa de ses jambes, et l'entraîna avec elle dans sa chaleur.

Leur tempo, très vite, devint étourdissant.

— Tu es le seul, dit-elle simplement. Le seul.

Comblé, immergé dans la plénitude du plaisir, Cade demeurait étendu, écoutant les battements du cœur de Virginia, attentif à chaque onde de son corps. Lui seul ! songea-t-il en fermant les yeux. Elle était vierge. Intacte. Un miracle. Son cœur hésitait entre culpabilité et bonheur égoïste.

Elle était vierge, et il l'avait prise. Personne ne l'avait touchée, avant qu'il ne la touche. S'il s'était écouté, il serait grimpé sur le toit pour crier son triomphe ! Ou alors, il aurait supplié Virginia de lui pardonner...

Quand leurs respirations se furent calmées, il s'aventura avec prudence sur le terrain des questions et des réponses.

— Mon chou... mon expérience de détective professionnel me pousse à la conclusion suivante : il paraît tout à fait improbable que tu sois mariée.

Virginia rit, discrète et douce. Il leva la tête pour lui sourire. Puis, lui caressant les cheveux, il demanda :

— Est-ce que... je t'ai fait mal ? Pas un instant je n'ai pensé que...

— Non, répondit-elle en se lovant contre lui. Je suis heureuse, étourdie et soulagée. Moi non plus, je ne m'attendais pas à… ça. Tu n'es pas déçu ? acheva-t-elle avec une soudaine crispation.

— Terriblement. En fait, je n'aime faire l'amour qu'avec les femmes mariées.

— Je veux dire… je… j'ai fait ce qu'il fallait ?

Emu, Cade attira Virginia contre lui.

— Tu es parfaite. Je t'aime. Depuis le premier instant.

La tête contre le cœur de Cade, Virginia s'immobilisa. Une envie de pleurer lui monta à la gorge. Son amant disait les choses qu'elle voulait entendre, mais qu'elle ne pouvait accepter.

— Tu ne me connais pas, murmura-t-elle.

— Toi non plus, tu ne te connais pas !

Elle secoua la tête.

— Exactement ! Plaisanter ne change rien à l'affaire.

Cade s'assit sur le lit, et prit Virginia aux épaules.

— Voici les faits : je t'aime. Tu es en tout point celle que je veux, celle dont j'ai besoin, et je te garde.

— Ce n'est pas aussi simple.

— Je ne recherche pas la simplicité. Je te demande de m'épouser, acheva-t-il en lui prenant la main.

Saisie de panique, Virginia tenta de se libérer, mais Cade ne la lâcha pas.

— C'est impossible ! protesta-t-elle. Je ne sais ni d'où je viens, ni ce que j'ai fait. Je ne te connais que depuis trois jours. Mon existence actuelle est un chantier.

Déchirée, elle se jeta au cou de Cade et le tint serré contre elle.

— Ne me tourmente pas, supplia-t-elle.

Cade plongea son regard dans les yeux remplis de larmes de Virginia.

— Nous trouverons ensemble les réponses. Mais il en existe une que j'attends de toi tout de suite. Dis-moi si tu m'aimes, Virginia.

— Je ne peux pas...

— Tu n'as pas besoin du passé pour répondre à cette question, dit-il gravement.

C'était vrai... Et Virginia acquiesça en son for intérieur. Elle n'avait besoin que de son propre cœur pour donner son sentiment à Cade.

— Dire que je ne t'aime pas serait mentir, commença-t-elle.

Elle secoua la tête, et posa les doigts sur la bouche de son amant pour l'empêcher de l'interrompre.

— Dire que je t'aime serait injuste. Ma réponse dépendra de toutes les autres, de toutes les questions que je me pose sur moi-même. Donne-moi du temps.

— Du temps ? Prends-en… De toute façon, quoi que tu découvres sur ton passé, je ne laisserai personne t'enlever à moi.

Selon Cade, parvenir à la solution d'un problème se faisait pas à pas. Virginia se demandait combien de pas seraient encore nécessaires avant d'accéder à la vérité. Aujourd'hui, par exemple, il lui avait semblé gravir un long chemin pentu. Mais quand elle était parvenue au bout, elle s'était trouvée aussi perdue que d'habitude.

« Pas tout à fait vrai ! » se dit-elle en s'installant dans la cuisine avec un bloc-notes et un crayon. Le simple fait d'établir une liste de ce qu'elle savait lui donnait une indication supplémentaire sur elle-même : cela dénotait une personne organisée, qui aimait voir les choses en noir et blanc.

Qui est Virginia ?

Une femme qui se lève à la même heure chaque matin. Cette manie faisait-elle d'elle une femme ennuyeuse et prévisible ou au contraire quelqu'un de responsable ? Elle aimait le café noir fort, les œufs brouillés et le steak, cuisson « bleu ». Très banal. Elle était mince sans être particulièrement musclée, et son corps ne portait pas de traces de bronzage. On pouvait en déduire qu'elle ne faisait pas partie des dingues de fitness, ni des adoratrices du soleil. Peut-être travaillait-elle dans un bureau ?

Elle était droitière, blonde aux yeux marron, connaissait beaucoup de choses sur les pierres précieuses. Passe-temps ? Carrière ? Ou tout simplement femme à porter des bijoux ? Elle avait en sa possession un gros diamant qui valait une fortune, qu'elle avait soit volé, soit acheté — ce qui paraissait hautement improbable —, soit acquis à la suite d'un événement imprécis. Elle avait été témoin d'une dispute violente, peut-être d'un meurtre.

Comme cette hypothèse lui faisait battre les tempes, Virginia la mit précipitamment de côté, et poursuivit sa liste.

Sous sa douche, elle fredonnait de la musique classique ; elle aimait les beaux vêtements, les tissus de qualité, et fuyait les couleurs vives. Pourvu qu'elle ne soit pas du genre frivole et superficielle !

Du moins avait-elle deux amies qui partageaient des moments de sa vie. Diana et Stella. Virginia écrivit leurs noms sur son calepin une dizaine de fois, dans l'espoir que la répétition ferait naître une étincelle.

Ces deux femmes comptaient beaucoup pour elle, elle le sentait. Elle s'inquiétait à leur propos, sans savoir pour quelle raison. Peut-être avait-elle l'esprit vide, mais son cœur, lui, affirmait qu'elles étaient précieuses, plus proches d'elle que n'importe qui d'autre.

Hélas, elle redoutait les affirmations de son cœur.

Car il existait encore une chose qu'elle ne pouvait nier, mais qu'elle ne voulait pas coucher sur le papier : elle n'avait jamais eu d'amant. Personne ne lui avait suffisamment plu — à moins que ce ne fût la proposition inverse — pour qu'elle aille jusqu'à l'intimité. Peut-être, dans sa vie réelle, ne pouvait-elle accepter un homme dans son lit parce qu'elle était trop exigeante, trop prompte à mal juger autrui ? Ou alors les hommes la trouvaient ennuyeuse, ordinaire, et aucun n'avait éprouvé l'envie de l'emmener dans sa chambre...

En tout cas, maintenant, les choses avaient changé : elle avait un amant.

Pourquoi, à elle, vierge, inexpérimentée, l'amour physique était-il apparu si naturel, si peu étranger, avec Cade ? Et pourquoi Cade disait-il l'aimer ? Il ne connaissait d'elle qu'une fraction de l'ensemble. Qui pouvait assurer qu'elle n'appartenait pas à un genre de femmes qu'il ne supportait pas ? Elle ne pourrait croire en l'amour de Cade qu'une fois retrouvée l'autre Virginia.

Quant à elle, où en était-elle de ses propres sentiments ?... Avec un petit rire, elle reposa son crayon. Cade l'avait attirée d'emblée, elle lui avait fait une confiance immédiate. Elle était tombée amoureuse de lui... Mais là encore, elle ne pouvait se fier à son cœur. Plus la vérité se rapprocherait, plus se rapprocherait aussi la possibilité qu'ils se détournent l'un de l'autre. Ils auraient beau faire, ils ne pourraient jamais ignorer qu'il y avait dans le coffre-fort de Cade un sac de toile bourré de dollars, une arme et un diamant gros comme un caillou.

— Tu as oublié des choses !

Virginia sursauta. Tournant la tête, elle se trouva nez à nez avec Cade. Depuis combien de temps était-il là, à lire ses notes par-dessus son épaule et à l'observer pendant qu'elle pensait à lui ?

— J'essayais d'écrire tout ce que je sais de moi...

— C'est toujours une bonne idée.

Il se dirigea vers le frigo, se sortit une bière, et servit à Virginia un grand verre de thé glacé.

Immobile sur sa chaise, la jeune femme se sentait maladroite et gênée. Avaient-ils vraiment roulé nus sur le lit inondé de soleil, une heure plus tôt ? Comment se comporte-t-on après une pareille intimité ?

Lui n'était pas la proie des mêmes tourments, apparemment. Il s'assit en face d'elle, allongea négligemment ses jambes sur une autre chaise et s'empara du bloc-notes.

— Tu es une inquiète, déclara-t-il.

Tournant la page, il entama une nouvelle liste.

— En ce moment même, tu te demandes : « Que suis-je censée dire à ce type, maintenant que nous sommes amants ? Maintenant que je sais qu'il m'aime éperdument, et veut passer le restant de ses jours avec moi ? »

— Cade...

— Je me contente de rapporter des faits. Le sexe a été facile et heureux entre nous. Cela aussi t'inquiète. « Pourquoi avoir permis à cet homme, que je connais depuis un week-end à peine, de me prendre dans son lit, alors que je ne l'ai permis à aucun autre homme avant lui ? »

Les yeux de Cade plongèrent dans ceux de Virginia.

— La réponse s'impose d'elle-même : parce que tu es follement amoureuse de moi, sans vouloir l'admettre.

Virginia saisit son verre, avala une longue gorgée.

— Tu penses que je suis couarde ?

— Non ! Mais tu ne crois pas en tes points forts, et tu méprises tes faiblesses. Trop d'autocritique.

Il nota ce dernier mot dans sa liste, tandis que Virginia fronçait les sourcils.

— Il me semble qu'une femme dans ma situation se doit de porter un regard objectif sur elle-même.

— Esprit pratique et logique, écrivit Cade. Tu es compatissante, responsable, organisée. Un être d'habitudes. Je suppose que tu occupes une position qui demande ces traits de caractère, ainsi qu'un bon intellect. Tes activités professionnelles sont disciplinées et précises. Et tu as un sens de l'esthétique très développé.

— Comment peux-tu affirmer tout cela ?

— Le fait d'avoir oublié qui tu es ne t'empêche pas de rester celle que tu étais avant de perdre la mémoire. Si tu étais allergique aux poils de chats, tu vas continuer à éternuer dès que tu en approcheras un. Tu comprends ? Si tu avais, il y a deux jours, un cœur aimant et fort, ce cœur bat toujours dans ta poitrine.

Virginia chercha à voir ce qu'écrivait Cade.

— L'alcool te rend pompette, continua-t-il. Question de métabolisme. D'ailleurs, nous boirons du vin tout à l'heure, pour que je puisse abuser de la situation !

Il lui sourit.

— Et tu rougis facilement ! C'est une très jolie réaction, même si elle est démodée de nos jours. Par ailleurs, tu es soigneuse. Tu suspends ta serviette après la douche, tu fais ton lit le matin.

« Et d'autres détails encore, songea-t-il. Le

pied qui s'agite en cas de nervosité. Les yeux qui fondent comme de l'or chaud pendant l'amour. La voix glaciale dans les contrariétés. »

— Si j'en juge par ton accent et ta syntaxe soignée, poursuivit-il à haute voix, tu as reçu une bonne éducation, probablement dans un Etat du nord de la Nouvelle-Angleterre. Tu t'es concentrée sur tes études, tu as peu flirté avec les garçons, ce qui explique ta virginité.

Ravi et attendri de voir Virginia rosir de confusion, Cade lui sourit gentiment.

— Au fait, j'adore la licorne sur ta fesse... Quoi qu'il en soit, reprit-il plus sérieusement, tu as suffisamment d'argent pour t'offrir des vêtements de prix. Tes sous-vêtements de soie sont...

Eberluée, Virginia l'interrompit :

— Tu as fouillé dans mes affaires ?

— Dans le peu que tu avais, oui, admit-il. A titre professionnel, bien entendu. Et j'ai adoré tes sous-vêtements ! Très raffinés, discrets et sexy.

Réduite au silence par tant d'outrecuidance tranquille, Virginia écouta Cade.

— A mon sens, tu es soit gemmologiste soit conceptrice de bijoux.

— Spéculation pure, objecta Virginia.

— Pas tant que ça. Des éléments sont là pour nous guider. Un diamant comme celui qui est dans mon coffre requérait les services d'un gemmologiste, n'est-ce pas ? Pour prouver son authenticité, évaluer son prix. Exactement comme tu l'as fait hier chez Westlake.

Les mains de Virginia se mirent à trembler, et elle les cacha sous la table.

— Dans ce cas, il est probable que je l'aie volé.

Agacé par la remarque, Cade tapota la table de son crayon.

— Enfin, regarde-toi ! Tu es incapable de voler un paquet de chewing-gums !

— Toujours est-il que ce diamant se trouve en ma possession… C'est un fait, non ?

— Ton cerveau logique, responsable et bien ordonné ne te souffle pas une autre hypothèse ? Par exemple, que tu cherches à protéger cette pierre précieuse ?

— La protéger de quoi, de qui ?

— Je ne sais pas, moi ! De celui qui serait capable de tuer pour l'obtenir. De celui qui t'aurait assassinée s'il l'avait pu. Ça colle parfaitement, dans mon raisonnement. S'il y a trois pierres, tu sais peut-être où sont les deux autres, et tu essaies aussi de les protéger.

— De quelle façon ?

Cade avait quelques idées sur la question, mais il ne jugeait pas Virginia prête à les entendre.

— Nous verrons cela plus tard. En attendant, j'ai passé quelques coups de fil, et nous serons très occupés demain. Premièrement, la portraitiste de la police viendra ici le matin, pour t'aider à reconstituer le portrait de tes amies. Ensuite, j'ai obtenu un rendez-vous avec le conservateur adjoint du Smithsonian.

— Un rendez-vous un jour de congé !

— C'est là que le nom et la fortune des Parris entrent en lice ! Une simple allusion à des donations éventuelles, et les portes les mieux barricadées s'ouvrent.

Virginia se leva et se dirigea vers la fenêtre. Dans un des érables, une grive chantait à tue-tête.

— Je ne sais comment t'exprimer ma gratitude, commença-t-elle.

— Je te présenterai ma note de frais professionnels. Quant au reste, je ne veux pas de gratitude.

— Tu m'as considérablement facilité la tâche, poursuivit Virginia. Combien de fois m'as-tu fait sourire ou rire, oublier un instant la situation ! Sans toi, je serais devenue folle.

— Je resterai près de toi, Virginia. Tu ne pourras pas te débarrasser de moi.

— Tu as l'habitude d'obtenir ce que tu veux, murmura Virginia. Je ne sais pas si c'est mon cas...

— Ça peut venir.

Il avait raison, songea Virginia. C'était une question de patience, de persévérance, de maîtrise. Et de bon choix. Elle voulait Cade de toutes ses forces. Rêvait qu'un jour elle se tiendrait là, devant la fenêtre, à écouter chanter la grive, tandis qu'il somnolerait dans le hamac. Ce serait leur maison. Leur vie. Leurs enfants.

Si c'était le bon choix. Si elle pouvait persévérer.

Elle suivit une soudaine impulsion et se tourna vers Cade.

— Je vais te faire une promesse. Quand toutes les pièces du puzzle seront en place... si je peux, et si tu veux encore de moi, je t'épouserai.

Le cœur de Cade battit dans sa poitrine, l'émotion lui serra la gorge. Très lentement, il reposa sa canette de bière sur la table.

— Dis-moi que tu m'aimes.

Les mots étaient là, dans son cœur, au bord de ses lèvres. Pourtant, Virginia secoua la tête.

— Quand nous saurons la vérité sur mon compte. Si tu veux encore de moi à ce moment-là.

— Au diable les « si » et les « mais » ! Ce n'est pas le genre de promesse que j'attends.

— C'est tout ce que je peux donner.

— Nous pourrions nous rendre dans le Maryland mardi. Nous y marier serait l'affaire de quelques jours.

Il s'y voyait déjà ! Fous d'amour, ils réveillaient un juge en pleine nuit. Puis, se tenant par la main dans son salon, ils échangeaient leurs anneaux tandis que la femme du juge jouait un air au piano.

La sincérité des yeux verts posés sur elle ébranla Virginia. Cet homme l'aimait, la prenait telle qu'elle était. Mais comment le lui permettre ?

— Quel nom écrirais-je en bas de l'acte de mariage ? demanda-t-elle.

Cade prit Virginia aux épaules et l'attira contre lui. Jamais il n'avait autant eu besoin de quelqu'un.

— Je te donne le mien. Prends-le.

« Oui ! Prends-le ! songea Virginia au moment où leurs lèvres se joignaient. Prends ce qu'on t'offre. Amour, sécurité, serments… Laisse le passé et l'avenir. Occupe-toi du présent. »

Cependant, des mots bien différents sortirent de sa bouche.

— Ce ne serait pas bien. Toi aussi, tu as besoin de savoir.

« Peut-être… », reconnut Cade en son for intérieur. Malgré le fantasme de l'enlèvement amoureux, créer une fausse identité pour Virginia n'était une solution ni pour l'un ni pour l'autre.

L'éloignant un peu, il la tint à portée de bras, et la contempla. Délicate. Troublée. Belle. Vaillamment, il donna un tour léger à la conversation.

— Tu veux une couronne de fleurs d'oranger et une robe blanche, c'est ça ?

Le cœur de Virginia soupira en cachette à cette image, ce qui la fit sourire.

— Ça se pourrait… J'ai l'air d'être du genre traditionnel.

— Dans ce cas, il faudra que je t'offre un diamant…

— Cade !

— … et que je te présente à ma famille. Ça ne sera pas du gâteau ! acheva-t-il en riant.

« C'est un jeu ! se rassura Virginia. Nous faisons semblant. » Elle lui rendit son sourire.

— J'aimerais beaucoup rencontrer ta famille.

— Si tu veux encore de moi après cette épreuve, je serai sûr de ton amour ! Tu auras droit au questionnaire type. Très subtil et indirect. Du genre : « quelle école avez-vous fréquentée ? Que fait votre père ? Et votre mère ? Jouez-vous au bridge, au tennis ? Au fait, connaissez-vous Saint-Moritz ? »

Loin d'en souffrir, Virginia rit à cette perspective.

— Dans ce cas, il faut que je prépare les réponses !

— Je les inventerai moi-même ! Je l'ai déjà fait avec plusieurs de mes amies.

Virginia fronça les sourcils.

— Vraiment ?

— Eh bien, par exemple, une fois…, commença-t-il.

— Je préfère ne pas savoir, trancha froidement

Virginia. Il y a eu beaucoup de femmes dans ta vie, je suppose ?

— Question de point de vue. Tu veux la liste ?

— Non !

Ravi de cette jalousie, Cade s'approcha de Virginia et l'embrassa dans le cou.

— Je n'ai demandé qu'à une femme de m'épouser.

— Deux, rectifia Virginia.

— Avec mon ex-femme, ça s'est fait sans que je le lui demande. En plus, elle est remariée, et a une petite fille, donc ça ne compte pas.

Virginia se mordit la lèvre inférieure.

— Tu ne voulais pas d'enfants ?

— Si ! dit-il en l'embrassant. Et j'en veux plus que jamais. D'ailleurs… montons ! suggéra-t-il d'une voix plus rauque.

Le sang de Virginia chanta dans ses veines, et elle passa ses bras autour du cou de Cade. Il la souleva et entreprit de gravir l'escalier.

Ils se trouvaient à mi-étage lorsque retentit la sonnette de la porte d'entrée. Un coup d'œil discret à la fenêtre renseigna Cade.

— A point nommé, comme d'habitude ! maugréa-t-il.

Reposant Virginia, il lui lança un regard mi-navré, mi amusé.

— De l'autre côté de la porte se trouve ma mère ! Je te donne cette chance parce que je t'aime : cours, vole, cache-toi !

Un peu tendue, Virginia redressa néanmoins les épaules.

— Ne sois pas idiot, et ouvre la porte !

— D'accord, mais je t'aurai prévenue.

Prenant son courage à deux mains, Cade dévala les marches, appliqua à ses traits un air avenant, et ouvrit la porte.

— Maman ! Quelle bonne surprise !

— Je ne te dérangerais pas, si tu répondais au téléphone.

Leona Parris entra dans le hall. Une femme superbe, nota Virginia avec étonnement du haut des marches. Avec trois enfants adultes et plusieurs petits-enfants, elle devait avoir au moins cinquante ans. Cependant, elle en paraissait dix de moins. Des cheveux méchés d'or tournés en un joli chignon, un visage lisse, de beaux yeux verts. Elle portait un ensemble couleur bronze qui mettait sa taille fine en valeur. Les topazes qui ornaient ses oreilles provoquèrent tout de suite l'admiration de Virginia.

— J'ai été très occupé, commença Cade.

— Je ne veux pas le savoir ! riposta Leona en posant son sac sur la console dans l'entrée. Ce n'est pas une excuse pour négliger ta famille.

Tu me mets dans une position intenable envers Pamela.

Les vieux arguments montaient déjà aux lèvres de Cade. Dans un effort presque surhumain, il évita les ornières habituelles.

— Désolé. Tu veux du café ?

— Ce que je veux, Cade, c'est une explication. Ta sœur me raconte une invraisemblable histoire de fiancée parente de la princesse de Galles...

Virginia ! Dans le feu de l'action, il l'avait passagèrement oubliée. Se retournant, il lui offrit un sourire contrit, et lui tendit la main.

Quand elle eut descendu l'escalier, il la présenta à sa mère. La main de Virginia tremblait légèrement lorsqu'elle la tendit en direction de Leona Parris.

— Ravie de vous rencontrer. Cade m'a beaucoup parlé de vous...

Le regard de Leona soupesa Virginia. « Jolie, de la classe. Des bijoux authentiques », semblait-elle se dire.

— Eh bien, à moi, il n'a rien dit !

— Virginia n'est aux Etats-Unis que depuis peu, intervint Cade d'un ton alerte.

— On me dit que vous êtes joaillière ? Cousine éloignée de Lady Di ?

— Virginia n'aime pas en parler, coupa Cade. Puis, se tournant vers Virginia :

— Chérie, ne devais-tu pas passer des coups

de fil importants ? N'oublie pas le décalage horaire avec Londres.

— Comment vous êtes-vous rencontrés ? intervint Leona.

Comme Virginia hésitait, Cade prit la parole :

— Au Smithsonian, devant la vitrine qui contient le diamant Hope. Virginia en faisait des croquis. Elle avait l'air si...

— Tout cela est ridicule ! interrompit Virginia. Cade, c'est ta mère ! Je n'accepte pas de lui mentir.

Se tournant vers Leona Parris, elle continua :

— Nous ne nous sommes pas rencontrés au Smithsonian, et la princesse de Galles n'est pas ma cousine. J'ai connu Cade vendredi matin, quand je me suis présentée à son agence. J'ai besoin d'un détective privé, parce que je souffre d'amnésie, et que je me retrouve avec un gros diamant bleu et des millions de dollars sur les bras.

Leona garda le silence quelques secondes, puis pinça les lèvres.

— Vous êtes deux fieffés menteurs ! En cela, vous semblez faits l'un pour l'autre !

Prenant son sac, elle marcha vers la porte, toute en dignité offensée.

— Cade, j'espère que tu me feras bientôt la courtoisie de me dire la vérité. D'ici là, je n'ai plus rien à faire avec toi.

Elle claqua la porte derrière elle.

Un instant hébété par le tour qu'avaient pris les événements, Cade éclata bientôt d'un grand rire. Il prit Virginia entre ses bras et la fit virevolter.

— Elle est si vexée que j'aurai la paix une semaine au moins ! Je t'adore ! dit-il en lui plaquant un baiser sur le front.

— Je ne comprends pas… je lui ai pourtant dit la stricte vérité, remarqua Virginia. C'est bien ce qu'elle voulait, non ?

Tout en montant l'escalier, Cade couvrait le visage de Virginia de petits baisers. Parvenu dans la chambre, il la déposa sur le lit.

— Fêtons le départ de ma mère et ton entrée au club ! déclara-t-il joyeusement. Maintenant, nous sommes *deux* moutons noirs !

— Mais… je n'ai pas envie d'être un mouton noir !

— Trop tard !

Chapitre 9

Le soir, ils dînèrent de hamburgers et de frites dans une fête foraine du Maryland. Tout d'abord, Cade avait plutôt eu en tête un repas aux chandelles dans un restaurant romantique, qui aurait précédé le grand feu d'artifice du 4 juillet. Puis l'inspiration lui était venue : la grande roue, le grand huit, les baraques de tir, la musique en direct, quelle façon plus originale existait-il de sortir une femme pour la première fois ?

Quand, accrochée à lui dans le wagonnet des montagnes russes, elle l'entendit lui expliquer ce revirement de programme, Virginia éclata de rire, ferma les yeux, et s'abandonna à la course effrénée du wagonnet qui plongeait dans le vide. Ce parcours était à l'image de sa vie : des hauts et des bas.

Infatigable, Cade voulait essayer toutes les attractions. Il entraînait Virginia de file d'attente en file d'attente, elle se sentait tour à tour étourdie, secouée, bousculée, projetée en l'air, jusqu'à ce que la tête lui tourne.

Enfin rassasié de sensations, Cade l'enlaça par la taille et l'attira du côté des baraques de tir. Les animaux en peluche s'y côtoyaient, plus gros et velus les uns que les autres. Virginia jeta son dévolu sur un éléphant.

— C'est lui que je veux !

— Dans ce cas, c'est un devoir pour moi que de te le gagner.

Cade sortit quelques dollars et choisit son arme. Puis il mit en joue et tira. Touché !

Virginia battit des mains, et se jeta dans ses bras en riant.

— Tu es formidable. Etonnant !

Main dans la main, ils se remirent à flâner, écoutant les cris, la country music au loin. Virginia s'étourdissait des lumières, des couleurs de la fête, brillantes comme des joyaux dans l'air plein de parfums. Tout semblait si facile, comme si le monde ne recélait plus aucune difficulté. Rien que des lumières, de la musique et des rires.

— Je ne sais pas si j'ai déjà assisté à une fête foraine. Mais celle-ci est la plus joyeuse de ma nouvelle vie ! déclara-t-elle.

— Tant mieux ! N'empêche... Je te dois toujours un dîner aux chandelles.

Virginia le regarda en souriant.

— Pour l'instant, j'ai plutôt envie d'aller sur la grande roue.

Pendant qu'ils attendaient leur tour, Virginia posa la tête sur l'épaule de Cade et laissa son esprit vagabonder. Si seulement cette nuit avait été une nuit normale, dans une vie normale, son existence aurait été aussi riche que toutes les couleurs de cette fête.

Elle s'installa tout contre Cade dans la nacelle de la grande roue. En dessous d'eux, les gens fourmillaient sur l'herbe. Les odeurs de la nuit montaient par bouffées vers Virginia qui les aurait respirées sans se lasser.

La roue tournait encore lorsque le feu d'artifice éclata, éclaboussant le ciel sombre de lumière dorée.

— Magnifique ! murmura Virginia. Ça ressemble à une pluie de pierres précieuses.

Les couleurs jaillissaient, retombaient en fontaine et s'évanouissaient peu à peu dans la noirceur du ciel. En bas, les gens applaudissaient. Quelque part, un bébé se mit à crier.

— Il a peur, murmura Virginia. Ce feu d'artifice… On dirait des coups de feu… ou le tonnerre.

Cade mêla ses doigts à ceux de Virginia.

Mais une gerbe d'or, suivie d'une cascade de diamants, illumina le ciel après avoir explosé comme de lointaines étoiles, et le cœur de Virginia se mit à battre trop vite, sa tête bourdonna. Elle se rassura en mettant son malaise sur le compte du bruit, du balancement de la roue... La roue qui venait de s'arrêter pour laisser descendre des passagers... A présent, elle tremblait, ses joues étaient pâles, ses yeux, semblables à deux trous d'ombre. Cade la serra contre lui.

— C'est bientôt à nous de descendre, dit-il.

Les gerbes de lumière envahirent de nouveau le ciel, se fracassant contre l'air noir. Et l'image roula dans la tête de Virginia comme l'aurait fait le tonnerre.

— Il a levé les mains, parvint-elle à murmurer.

Elle ne voyait plus les lumières, ni les diamants éparpillés dans le ciel. Seul le souvenir l'aveuglait, oblitérant tout le reste.

— Pour essayer d'attraper le couteau, poursuivit-elle tout bas. Je ne pouvais ni crier ni bouger. Seule la lampe du bureau était allumée. Un pinceau de lumière. Ils ressemblaient à des ombres, et ils criaient. Moi, je ne pouvais pas. Puis l'éclair a zébré l'atmosphère. Si éclatant, l'espace d'un instant, que la pièce est inondée de lumière. Et lui... Oh, mon Dieu ! Sa gorge ! Il lui a tranché la gorge.

Enfouissant son visage dans le creux de l'épaule de Cade, Virginia gémit :

— Je ne veux pas voir ça... Je ne le supporte pas...

La roue s'immobilisa de nouveau ; Cade souleva Virginia dans ses bras pour sortir de la nacelle. Il la sentait frissonner contre lui comme si l'air avait été glacial, et il entendait ses sanglots étouffés. A pas lents, il la conduisit vers la voiture. Et, à chaque explosion du feu d'artifice, il maudissait le ciel.

Dans la voiture, Virginia se roula en boule sur le siège avant tandis que Cade se glissait derrière le volant, et démarrait.

— Crie, si tu en ressens le besoin, lui dit-il. Ne garde pas tout ça enfoui en toi.

Virginia se contenta de pleurer doucement, puis elle appuya sa tête contre le siège. Cade se faufilait dans la circulation et prenait la direction de la ville.

— Je vois des bijoux, murmura-t-elle après un moment de silence. De belles gemmes. Des lapis-lazulis, des opales, des malachites et des topazes. Toutes sortes. Des pierres taillées ou à l'état brut. Je les connais toutes, je connais leur texture dans ma main. Je vois un long cristal de Chalcédoine, lisse au toucher, taillé en forme d'épée. Il est posé sur un bureau comme un coupe-papier. Et ce joli quartz aux inclusions de rutile semblables à des étoiles filantes ! Toutes me sont familières.

— Les pierres te rendent heureuse...

— Je le crois... Quand leur souvenir me

revient en tête, c'est agréable, apaisant. Il y a un éléphant. C'est une stéatite, avec une couverture gravée sur le dos, et des yeux verts très brillants. A la fois royal et farfelu.

Virginia se tut, et tenta de se concentrer, malgré le mal de tête qui battait à ses tempes.

— Il y a encore d'autres gemmes… Elles ne m'appartiennent pas, mais qu'importe, elles m'apaisent. Penser à elles ne m'effraie pas le moins du monde. Même le diamant bleu. C'est un si bel objet… Un vrai miracle de la nature… Quand on songe à la nécessaire conjonction des éléments appropriés, de la pression adéquate et du temps indispensable pour aboutir à quelque chose d'aussi magnifique… C'est étonnant…

Posant les mains sur ses paupières comme pour essayer de ressusciter les souvenirs, Virginia poursuivit :

— Ils se disputent à son sujet. Je les entends et suis en colère. Une colère justifiée. Je me vois presque marcher vers la pièce où ils se disputent. A la fois en colère et satisfaite. Un mélange complexe de sentiments. J'ai un peu peur. J'ai fait quelque chose… je ne sais pas quoi.

Avec effort, poings serrés, Virginia traquait le souvenir.

— J'ai fait quelque chose d'imprudent ou d'impulsif. Je vais vers la porte. Elle est ouverte, et leurs voix me parviennent. Je tremble, mais pas uniquement de peur. De colère aussi. Je referme ma main sur la pierre. Elle est dans ma poche, à présent, et je me sens mieux. Le sac de toile se trouve là, sur la table près de la porte. Lui aussi est ouvert, et je vois l'argent à l'intérieur. Je m'en empare, pendant qu'ils se chamaillent.

Au fur et à mesure qu'ils traversaient les faubourgs et pénétraient en ville, les lumières urbaines agressaient les yeux de Virginia. Elle les ferma plus fort.

— Ils ne se doutent pas de ma présence, tant ils sont absorbés par leur querelle. C'est alors que j'avise le couteau dans sa main. La lame incurvée luisante. Loin de la lumière, ils se battent pour le couteau. Je vois le sang. Une ombre chancelle. Je suis pétrifiée sur place, le sac serré contre ma poitrine. Tout à coup, la lumière s'éteint, il fait nuit noire. Puis un éclair zèbre le ciel, illumine tout. Quand il replonge le couteau dans la gorge de l'autre, il m'aperçoit. Et je m'enfuis.

La circulation était intense, les conducteurs nerveux et impatients. Impossible pour Cade de prendre la main de Virginia pour la réconforter.

— Arrête, maintenant, lui conseilla-t-il. Tu te fatigues. Nous parlerons de tout cela à la maison.

Virginia laissa échapper un son, quelque chose entre gémissement et rire.

— Les deux hommes n'en font qu'un ! murmura-t-elle. C'est impossible, puisque l'un d'eux est mort, alors que l'autre vit encore. Est-ce que je deviens folle ?

Maudissant les embouteillages, Cade se fraya coûte que coûte un chemin entre les voitures et évita de justesse d'érafler un gros camion en se rabattant.

— Comment cela, « les deux hommes n'en font qu'un » ? demanda-t-il.

— Oui. Ils ont le même visage.

Virginia emporta l'éléphant en peluche dans la maison, serré contre sa poitrine, comme s'il la reliait à la réalité. Son esprit était embrumé, comme entre deux rêves.

— Va t'allonger, suggéra Cade. Je te fais une tasse de thé.

— J'aime mieux le préparer moi-même. Je vais mieux quand j'agis. Je suis désolée… La soirée a été merveilleuse, jusqu'à ce que…

L'air navré, elle déposa l'éléphant sur la paillasse de la cuisine.

Cade la prit par les épaules.

— C'est moi qui suis désolé de te contraindre à poursuivre ton récit… mais il le faut.

Posant sa main sur celle de Cade, Virginia

la serra brièvement, puis elle mit la bouilloire sur le feu.

— J'ai l'impression de ne pas être une femme très stable… une litote, venant d'une personne qui ne sait même pas son nom de famille !

— Tu te rappelles de mieux en mieux les choses ! Et tu me parais très stable, au contraire.

Virginia posa les tasses sur les soucoupes, et se concentra sur les gestes simples. Sachets de thé, cuillères, sucrier.

Dans l'érable, un oiseau chantait. Un chant cristallin. Virginia eut un flash : un chèvrefeuille enlaçant une clôture, l'air embaumé, la trille d'un oiseau appelant son compagnon. Une très jeune fille en larmes sous un saule pleureur.

Importunée, elle se secoua. Un souvenir d'enfance doux-amer, probablement. Une peur sournoise s'insinua en elle.

— Asseyons-nous, suggéra Cade.

Sans se presser, il prit place en face de Virginia, et remua sa cuillère dans sa tasse de thé.

— Reprenons, dit-il enfin. Nous savons que la pièce a une moquette grise, une fenêtre, une table près de la porte. Il y a une lampe sur le bureau. A quoi ressemble le bureau lui-même ?

— C'est un meuble de bois de citronnier George III. Une très belle pièce. Marquetée de bois de rose, avec des incrustations de buis. Sur un des côtés s'ouvre un long tiroir, et on découvre alors des étagères. Les poignées sont en cuivre, toujours impeccablement polies.

Interloquée, Virginia fixait le liquide sombre dans sa tasse.

— Voilà que je parle comme une antiquaire, à présent...

« Non, rectifia Cade intérieurement, plutôt comme quelqu'un qui aime les belles choses. Et à qui ce bureau est familier. »

— Qu'y a-t-il sur le bureau ?

— La lampe. En cuivre, elle aussi, avec un abat-jour en opaline verte. Un sous-main de cuir au centre. Et un *briefke*.

— Un quoi ?

— Une petite coupe en papier dans laquelle on transporte les pierres en vrac. Il y a des émeraudes, de toutes tailles et de différents carats. Une loupe de joaillier et une petite balance en cuivre. Un verre, en cristal de Baccarat, avec des glaçons qui fondent dans du whisky. Et... le couteau.

Sa respiration s'étrangla, mais, au prix d'un effort, Virginia poursuivit :

— Le couteau se trouve sur le bureau, avec son manche en os sculpté et sa lame incurvée. Un objet ancien de toute beauté.

— Quelqu'un est-il assis derrière le bureau ?

— Non, la chaise est vide. Elle est de cuir

sombre, et tourne le dos à la fenêtre. Il y a un orage.

La voix de Virginia vacilla, mais elle répéta :

— Un orage, des éclairs, il pleut à torrents. Leurs voix dominent le grondement du tonnerre.

. — Où se trouvent-ils ?

— Ils s'affrontent devant le bureau.

Cade repoussa sa tasse et s'empara de la main de Virginia.

— Que disent-ils ?

— Je ne sais pas. Quelque chose à propos d'un versement. « Prends le versement, et quitte le pays. Trop dangereux. Sa décision est prise. »

Elle entendait les voix. Les mots jaillissaient, des phrases dures, emportées.

« Espèce de traître ! Salaud !

Si tu veux dealer avec lui, libre à toi. Mais pas moi.

Ensemble, tous les deux. On ne recule pas.

Prends les pierres et traite avec lui. Mais Virginia a des soupçons. Elle n'est pas aussi sotte que tu le crois.

Pas question que tu partes avec l'argent, en me laissant les problèmes sur le dos. »

— Il le repousse maintenant. Ils se battent, se bousculent, se donnent des coups de poing. La force de leur haine m'effraie. Comment peuvent-ils autant se mépriser, alors qu'ils ne sont qu'une seule et même personne ?

Peu à peu, la scène se mettait à s'animer sous les yeux de Cade. Avec précaution, pour ne pas obliger Virginia à revivre des moments douloureux, il demanda :

— En quoi sont-ils semblables ?

— Le même visage. Les mêmes yeux sombres, les mêmes cheveux noirs. Identiques. Leurs voix elles-mêmes... Ils ne font qu'un... mais comment est-ce possible ? Ai-je perdu l'esprit en même temps que la mémoire ?

— Il y a plus simple, et plus évident, suggéra Cade avec un bref sourire. Des jumeaux.

— Des jumeaux ? Des frères ?

Tout en Virginia se révulsait à cette idée. Elle secoua frénétiquement la tête en signe de refus catégorique.

— Ce n'est pas ça ! Ça ne se peut pas !

Elle se leva d'un bond, et sa chaise racla les tomettes du sol. Ce faisant, elle renversa sa tasse de thé sur la table.

— Il faisait noir. Je ne sais pas ce que j'ai vu...

« Tu ne veux pas savoir », conclut Cade en son for intérieur. Virginia n'était pas prête pour la dure vérité, et il n'avait aucune intention de jouer les psychanalystes du dimanche et de forcer quoi que ce soit.

— La journée a été rude, déclara-t-il. Tu as besoin de repos.

L'esprit de Virginia réclamait la paix, l'oubli.

Cependant, le sommeil la terrifiait, à cause des rêves qui surgiraient immanquablement. Elle se tourna vers Cade et se pressa contre lui.

— Faisons l'amour, murmura-t-elle d'une voix fiévreuse. Je ne veux plus penser.

— Je t'aime.

Puis il l'embrassa de toute son âme.

Il l'entraîna hors de la cuisine, s'arrêtant pour l'embrasser encore, la caresser. Au pied de l'escalier, il déboutonna le chemisier qu'elle portait, glissa les mains le long de son corps, puis revint emprisonner ses seins. Il voulait agir en amant attentionné et tendre. Cependant, contre lui, Virginia s'offrait. Ses lèvres le dévoraient, sa langue fouillait sa bouche avec une violence désespérée. Alors, il comprit ce qu'elle cherchait, son désir profond : oublier, tout oublier dans un acte primitif et physique. S'anéantir dans les sensations et le plaisir.

A son tour, il se laissa engloutir par ce qu'il éprouvait. D'un geste sec, il fit céder le soutien-gorge de Virginia, et se reput du choc mêlé de plaisir qu'il lut dans les yeux de sa maîtresse. Ses mains se firent exigeantes et rudes.

— Il te reste beaucoup à apprendre, dit-il d'une voix rauque.

Virginia rejeta la tête en arrière. Les battements de son cœur s'envolèrent. On aurait dit une nuée d'oiseaux effrayés. Mais que cette peur la libérait !

— Montre-moi, supplia-t-elle.

Cade repoussa le pantalon de Virginia jusqu'à lui dénuder les cuisses, puis il plongea les doigts en elle. Il sentit que, en réponse, elle enfonçait les ongles dans ses épaules, pour se préparer à se laisser emporter. Il se mit alors à la caresser comme il l'aurait possédée, adoptant la scansion de l'amour, et les gémissements se ramassèrent en un cri qui explosa, peur et joie mêlées.

Le souffle court, il contemplait Virginia tandis qu'elle s'envolait vers son plaisir. Et lorsque, soudain, il lut dans ses prunelles le choc de la jouissance, il connut un sentiment d'exaltation et de satisfaction immense : la femme de sa vie venait de jouir dans ses bras, abandonnée, passive et comblée.

De ses gestes rapides et sûrs, il finit de la dévêtir. Bientôt, elle fut nue et tremblante, et Cade sourit de bonheur. Il effleura les pointes dures de ses seins, poussa le jeu jusqu'au moment où Virginia ferma les yeux d'excitation.

— Tu m'appartiens, dit-il d'une voix exigeante. Dis-le.

Même s'il ne l'avait pas demandé, elle l'aurait dit. Elle aurait promis son âme, pour peu qu'il le désire. Elle se sentait emportée par un flot de sensations extrêmes, et prête à tout pour prolonger cet état.

— Encore, supplia-t-elle.

Il lui donna ce qu'elle voulait. De ses lèvres, il explora le corps de Virginia, et fit ainsi son chemin, rejoignant le creux de ses cuisses et les plis intimes et moites dont il lécha le suc.

Virginia le suivait, frissonnait, tressaillait. Elle vivait en son ventre une véritable fête. Adossée à la rambarde de l'escalier, agrippée pour garder l'équilibre, elle recevait les assauts de Cade avec une ivresse qui faisait tournoyer son monde comme un manège devenu fou.

Alors, de nouveau, la jouissance extrême perla, rejoignit la douleur. Puis, à ce point situé entre béatitude et dévastation, elle sombra corps et âme dans la félicité.

Laissant les vêtements épars où ils étaient tombés, Cade souleva Virginia, comme évanouie dans ses bras. Il gravit l'escalier. Se dirigea vers sa chambre dans une confusion de désir. Poussé par l'urgence, incandescent et affamé, il roula avec elle sur le lit, se débarrassa de ses vêtements, et, vite, tout en se repaissant de la chair tendre des seins offerts à sa bouche, il mêla son corps moite à celui de sa maîtresse.

Enfin, il était en elle...

Cambrée contre lui, Virginia gémit. Cade s'arrima à ses hanches, les pétrit de ses mains impérieuses, et entraîna leurs corps dans un galop rapide et sauvage. Pas de place pour la moindre pensée, le moindre doute. Rien que la fusion forcenée et fiévreuse.

Le clair de lune jouait sur le visage de Virginia, faisait miroiter sa peau moirée de sueur. Cade imprima dans son cerveau cette image radieuse, et lorsque la jouissance le frappa comme une foudre magnifique, ce fut cette image qu'il emporta avec lui dans le néant de la volupté.

Cade attendit d'être sûr que Virginia dorme. Pendant un temps, il se contenta de la contempler, ensorcelé par ce qu'elle lui apportait, par ce qu'ils se donnaient l'un à l'autre. Aucune femme ne l'avait ainsi touché, ému, bouleversé. Il lui appartenait corps et âme autant qu'il exigeait d'elle qu'elle soit à lui, et le miracle de leur échange le rendait vulnérable.

Quand il la quitta, elle était alanguie, couchée sur le ventre. Peut-être la fatigue de l'amour lui épargnerait-elle les cauchemars, cette fois ?...

Laissant la porte ouverte derrière lui, de façon à lui venir en aide si elle criait dans son sommeil, il descendit dans la cuisine et prit le temps de se préparer une tasse de café. Puis il se rendit dans la bibliothèque. Avant de l'allumer, il lança à son ordinateur un regard hargneux.

Puis il lui fallut une bonne demi-heure pour trouver ce qu'il cherchait.

« Experts en gemmologie. Région de Washington D.C. »

Les sens en alerte, dopé par la caféine, il fit se dérouler sous ses yeux la longue liste de noms.

Boon et Fils.

Experts Conseils en diamants Kleigmore.

Création de bijoux Landis.

L'ordinateur lui fournissait bien davantage de renseignements que ne l'aurait fait l'annuaire téléphonique, et, pour une fois, il devait rendre hommage à la technologie.

Les informations continuèrent de défiler jusqu'à…

Salvini.

Les yeux de Cade s'étrécirent à la lecture des données qui apparurent sur l'écran :

Experts et gemmologistes. Spécialistes en joaillerie et antiquités. Maison créée en 1952 par Charles Salvini, aujourd'hui décédé. Assermentés. Experts auprès des musées et collections privées. Créations uniques, réparations et transformations.

Adresse : Chevy Chase. Pas trop loin de chez lui, songea Cade. Une maison respectée, de tout premier ordre.

Propriétaires : *Thomas et Timothy Salvini.*

Le sang de Cade ne fit qu'un tour : T.S. Des frères.

Bingo ! Il avait mis la main sur ce qu'il cherchait.

Chapitre 10

— Prends ton temps.

Virginia inspira profondément, et s'efforça d'être aussi calme et précise que Cade le souhaitait.

— Son nez est plus pointu que cela.

Sara, la portraitiste envoyée par la police, était jeune et patiente. Assise à la table de la cuisine de Cade avec son bloc-notes et son crayon, elle buvait un café tout en dessinant. D'un coup de crayon, elle modifia la ligne du nez.

— Plutôt comme ça ?

— Je crois. Ses yeux sont plus grands...

Quelques légers coups de gomme sur les traits de crayon, et Sara ajusta la forme et la taille des yeux.

— En amande ? demanda-t-elle.

— J'ai du mal à voir tous les détails.

Le sourire de Sara était celui d'une fille simple et décontractée.

— Donnez-moi des impressions, et nous travaillerons à partir de là.

— Il semblerait que sa bouche soit charnue,

plus douce que le reste du visage. Ses traits sont assez anguleux…

— Beau visage, commenta Cade. Et sexy, en plus !

Tandis que Virginia poursuivait pas à pas sa description, Cade étudiait la physionomie qui surgissait sur le papier. Un visage très dessiné, en effet, des cheveux courts coiffés à la diable, une frange sauvage qui chevauchait des sourcils très arqués. « Exotique et tenace ! » décida-t-il en cherchant à y associer une personnalité.

Virginia prit le portrait que Sara lui tendait. Elle eut à la fois envie de sourire et de pleurer.

— Très proche de ce dont je me souviens.

Stella… Qui était Stella ? se demanda-t-elle pourtant, une fois de plus. Et qu'avaient-elles en commun ?

— On fait une pause ? suggéra Cade.

— Si Sara n'est pas fatiguée, j'aimerais continuer, répliqua Virginia.

— Je peux travailler des heures, du moment qu'on m'abreuve de café !

L'artiste rejeta en arrière sa longue tresse châtaine. Son T-shirt sans manches bien ajusté et son pantalon cigarette donnaient à sa silhouette une allure relax très sexy.

— Vous faites un travail intéressant, commenta Virginia.

— Il me fait vivre. Néanmoins, je suis détrônée

par l'informatique et la PAO ! Heureusement que beaucoup de flics et de détectives privés préfèrent encore les croquis. Comme Parris ! Lui ferait presque n'importe quoi pour éviter d'utiliser un clavier et un écran !

D'un clin d'œil, Sara remercia Cade de la tasse qu'il lui tendait. Puis, se tournant vers Virginia, elle proposa :

— On se lance dans le deuxième portrait ?

Virginia ferma les yeux et se concentra. Diana. Elle laissa le nom faire son chemin dans son cerveau, attendit que l'image se forme.

— Douce, commença-t-elle. Incroyablement belle. Un visage ovale, très classique. Des cheveux noir d'encre, qui tombent en cascade dans son dos. Ses yeux sont grands, les paupières lourdes, bordées de longs cils épais. Des yeux d'un bleu inouï. Un nez court et droit. La perfection, quoi.

— Je commence à la détester, s'amusa Sara.

Virginia sourit et commenta :

— C'est dur d'être trop belle. Les gens ne regardent que l'apparence.

— Je crois que je m'y ferais sans peine… Comment est la bouche ?

— Pulpeuse. Pleine.

L'esquisse se précisait vite. Une sorte d'excitation s'emparait de Virginia.

— Les sourcils sont un petit peu plus fournis

que ce que vous faites, et elle a un grain de beauté sur la tempe gauche.

— Maintenant, je la déteste pour de bon, marmonna Sara. Dites-moi qu'elle a les oreilles en chou-fleur...

Le portrait-robot fit de nouveau naître en Virginia une sensation chaleureuse, tout en lui donnant envie de pleurer.

— Elle est belle, déclara-t-elle. C'en est émouvant.

— J'ai déjà vu ce visage quelque part...

La remarque négligente de Sara alerta Virginia.

— Vraiment ? Où ça ?

Concentrée, Sara tapota le portrait du bout de son crayon.

— Dans une revue, peut-être... on dirait un mannequin.

Virginia se mordit la lèvre inférieure, fit un violent effort pour se souvenir.

Détachant la page de son bloc, Sara la tendit à Cade.

— Qu'en penses-tu ?

— Belle à couper le souffle. Mais je ne l'ai jamais vue nulle part. On n'oublie pas un visage pareil.

« Elle s'appelle Diana, songea Virginia, et elle est bien plus qu'un beau visage. »

Cade plaça les deux esquisses sur le comptoir de la cuisine.

— C'est du bon boulot, Sara, remercia-t-il. Tu as du temps pour un troisième portrait ?

Après un coup d'œil à sa montre, Sara acquiesça :

— Une demi-heure, pas davantage.

Cade s'accroupit près de Virginia et la regarda dans les yeux.

— L'homme... tu te souviens de lui, maintenant.

— Je ne...

Bien que les mains de Cade soient douces sur les bras de Virginia, sa voix sonna fermement :

— Si ! C'est important. Décris à Sara ce que tu vois.

L'estomac de Virginia se contractait violemment à l'idée de faire resurgir ce visage dans son esprit. La souffrance qui se profilait l'effrayait.

— Je ne veux pas le revoir...

— Tu veux les réponses. Il faut donc franchir les étapes nécessaires.

Virginia ferma les yeux, changea de position. Des élancements lui vrillèrent le cerveau au moment où elle se transposa dans la pièce à la moquette grise.

— Il est brun, dit-elle calmement. Son visage est long, étroit. Crispé de colère. Sa bouche est fine, ferme, obstinée. Son nez est fort, légèrement incurvé. Ses yeux sont enfoncés. Très sombres.

« Étincelants de fureur », songea-t-elle. Le

meurtre y était tapi. Elle frissonna, croisa les bras autour d'elle et se concentra.

— Des joues creuses, un grand front. Ses sourcils sont droits et sombres. Ses cheveux sont noirs, bien coupés. C'est un très beau visage. Seule la mâchoire n'est pas tout à fait à la hauteur du reste. Elle est un peu... faible.

Cade posa une main sur l'épaule de Virginia et la pressa en guise de réconfort.

— C'est bien lui ? demanda-t-il en lui tendant le portrait-robot.

Enhardie par le soutien de Cade, Virginia ouvrit les yeux et regarda l'esquisse. Le résultat n'était pas parfait. Les yeux auraient dû être un peu plus écartés, la bouche légèrement plus pleine. Cependant, le portrait-robot se rapprochait suffisamment de la réalité pour la faire frémir.

— Oui, ça lui ressemble...

Rassemblant ce qui lui restait de contrôle de soi, Virginia se leva lentement.

— Excusez-moi, balbutia-t-elle en quittant la cuisine.

Sara rangea son matériel de dessin dans une trousse.

— Cette femme a l'air terrifiée... Quel est son problème ?

Les mains enfoncées dans ses poches, Cade ne répondit pas tout de suite.

— Je ne sais pas exactement... mais je ne

suis pas loin de la solution. Tu as fait du bon travail, en tout cas, et je t'en suis redevable.

— Je t'enverrai la note !

Elle rassembla ses affaires, déposa un baiser léger sur la joue de Cade et le dévisagea.

— J'ai l'impression que tu ne me téléphoneras plus pour que nous passions une nuit ensemble. Je me trompe ?

— Je l'aime, dit-il simplement.

— C'est ce que j'ai cru comprendre, remarqua-t-elle en prenant son sac. Tu vas me manquer... Quant à toi, finies la liberté et les folles nuits. Elle me plaît, et j'espère que ça marchera pour vous. Ne me raccompagne pas, je connais le chemin, acheva-t-elle avec une pointe de mélancolie.

Refusant d'obéir, Cade reconduisit Sara jusqu'à la porte. Lorsqu'il referma, il eut conscience de tirer un trait sur une partie de sa vie. La liberté d'aller et venir à son gré, avec la personne de son choix. Les boîtes de nuit jusqu'au petit matin, avec au bout la perspective d'une nuit de sexe épanouissante et sans complication ni suite.

Il leva les yeux vers l'étage. Virginia se trouvait là-haut. Et avec elle, un avenir stable, responsable, des engagements... Oui, à partir de maintenant, il accueillait pour la vie la même femme dans son lit et dans son cœur. Bien entendu, il pouvait encore reculer, renoncer à cette route qui s'ouvrait. Virginia ne lui en tiendrait pas rigueur.

En fait, c'était même exactement ce à quoi elle s'attendait : qu'il ne la garde pas.

Sur cette réflexion, Cade grimpa les marches. Virginia se trompait. Il allait la garder. Et il tournait le dos à tout ce qui l'avait précédée, sans un regret.

Virginia se tenait dans sa chambre, près de la fenêtre, les bras croisés.

— Tu vas mieux ? demanda Cade.

— Oui. Excuse-moi, je n'ai même pas remercié ton amie.

— Sara comprend ce genre de choses.

— Tu la connais depuis longtemps ?

— Quelques années.

Une boule se formait dans la gorge de Virginia.

— Vous êtes sortis ensemble ?

Un sourcil levé, Cade renonça à son intention de se rapprocher de Virginia.

— En effet. Je suis sorti avec Sara et avec d'autres femmes, tu t'en doutes. Des femmes qui m'ont plu, auxquelles je me suis attaché.

Une lueur féroce traversa le regard de Virginia.

— Avec lesquelles tu as couché, lança-t-elle en se retournant.

— Evidemment.

Comme Cade acquiesçait, Virginia se passa une main rageuse dans les cheveux.

— Toi et moi ne sommes pas en phase. Je n'ai rien vécu, je ne me souviens plus de rien ; toi, tu as connu la vie et tu te la rappelles ! Au fond, rien de ce qui s'est passé entre nous n'aurait dû se produire !

Tandis qu'elle l'assommait de ses propos amer, Cade sentait ses mains fourmiller du désir instinctif de frapper dans un mur, une porte, pour se soulager. Plutôt que de céder à l'impulsion, il choisit de fourrer les poings dans ses poches.

— Tu ne vas tout de même pas me reprocher de t'avoir fait rencontrer une des femmes avec lesquelles j'ai couché ? Ou de ne pas être arrivé vierge comme toi au jour de notre rencontre ?

Le mot jaillit de la bouche de Virginia :

— Pas vierge : vide ! Je suis venue à toi *vide* ! Tu n'es pas venu à moi vide comme je le suis. Tu as une famille, des amis, des maîtresses. Une vie ! Moi, je n'ai que des morceaux d'existence, que je ne parviens pas à assembler.

La voix de Virginia claqua comme un fouet.

— Je me moque éperdument que tu aies couché avec une centaine de femmes ! Ce que je ne supporte pas, c'est que tu aies la capacité de te le rappeler !

Dans le cœur de Cade, la colère s'estompait, supplantée par la panique : la femme de sa vie reculait, s'éloignait de lui.

— Je ne peux tout de même pas effacer mon passé pour toi…

Vaincue par ses émotions, Virginia se couvrit le visage de ses mains. Sa décision était prise.

— Je ne l'accepterai pas… Ta vie privée avant notre rencontre ne me regarde pas, mais tu as eu une vie privée et je ne l'accepterai pas.

— Toi aussi, tu as une vie privée !

Virginia opina. C'était bien ce qui l'effrayait mortellement.

— En effet, j'en ai eu une. Sans toi, d'ailleurs, je ne serais pas aussi proche du moment où je vais retrouver mon passé. Cependant je me rends compte de mon erreur : j'aurais dû parler à la police tout de suite. Je n'ai fait que tout embrouiller en m'évitant cette épreuve ! Je vais me livrer.

— Tu ne me fais pas confiance pour mener l'enquête à son terme ?

— Ce n'est pas la question…

— Bien dit ! En fait, ce que tu veux, c'est partir et laisser derrière toi ce qui s'est passé entre nous !

Cade empoigna Virginia aux épaules.

— Vrai ou faux ?

Virginia lutta pour continuer à regarder Cade en face, mais elle tremblait de tous ses membres.

— Quelqu'un est mort, et je suis impliquée…

et jamais je n'aurais dû t'entraîner dans cette histoire.

— C'est trop tard ! Depuis l'instant où tu es entrée dans mon bureau. Tu ne te débarrasseras pas de moi.

Il écrasa les lèvres de Virginia d'un baiser rude. Il l'enlaça avec force, ne lui laissant pas le choix, et l'embrassa jusqu'à ce qu'elle demande grâce.

Puis il la souleva dans ses bras, ignora ses protestations, roula sur le lit avec elle, et la riva sous lui. Aussitôt, il sentit qu'elle prenait feu, et il la soûla de caresses possessives.

Comme un fou, il lui arracha ses vêtements et murmura :

— Tu as peut-être tout oublié de ton passé, mais ça, tu ne risqueras pas de l'oublier. Jamais !

La sauvagerie des caresses, leur savante brutalité firent basculer Virginia dans l'univers désormais familier du plaisir, hors du temps, hors de l'espace. N'ayant jamais rien expérimenté d'aussi fort que le sexe avec Cade, elle était devenue incapable d'y résister. Il lui fallait ses mains, sa bouche avide partout sur elle, ce corps d'homme qui la poignardait d'un plaisir aigu.

Soudain les doigts de Cade l'empalèrent, puis, sans lui laisser de répit, la menèrent au vertige.

Elle cria. Un cri d'ivresse, le cri d'une femme qui vient de franchir les limites. De ses ongles, elle laboura les épaules de Cade, frissonna en longues secousses, sous lui, traversée par les spasmes de l'orgasme.

Mais il n'en avait pas fini avec elle. Il plongea en elle d'un trait. Et, là, ils se rejoignirent dans un plaisir désespéré.

En Cade, l'animal avait brisé ses chaînes et saccageait tout. Sa bouche ravageait celle de Virginia, il allait et venait en elle comme on retourne la terre avant de la féconder, durement, profondément, aveuglément, jusqu'à ce qu'elle crie encore. Là, enfin, il se libéra en elle de sa rage et de sa semence. Puis il s'affaissa, ruisselant de sueur, épuisé, vidé de toute substance.

— Voilà, murmura-t-il, à bout de souffle. Nous sommes en phase, à présent : moi aussi, je suis vide. Vide de tout ce qui n'est pas toi.

Sous lui, il sentit frissonner Virginia. Vit ses mains reposer, sans forces, sur les draps froissés. Peu à peu le voile qui obscurcissait son cerveau se leva… Alors, la honte émergea.

Oui, Cade eut honte.

Jamais il n'avait pris une femme avec cette sauvagerie. Sans lui laisser le choix. Il venait de violer la femme qu'il aimait plus que tout au monde.

Il roula sur le côté, et fixa le plafond. Epouvanté de ce qu'il avait découvert enfoui en lui.

— Je suis… désolé, murmura-t-il.

Quelle phrase dérisoire ! songea-t-il aussitôt. Il se redressa sur le lit, se replia sur lui-même, la tête dans les genoux.

— Je t'ai blessée. Ma conduite est inexcusable.

Incapable de trouver les mots, il se leva, laissant Virginia seule.

Cade n'en était pas à sa première colère. A sa première blessure. A sa première honte. Pourtant, quand Virginia descendit, l'air nerveuse, et tirée à quatre épingles, l'émotion menaça de l'anéantir.

— Ça va ? demanda-t-il, brûlant de doutes.

— Oui. Je...

Cade l'interrompit d'une voix à la fois calme et sèche :

— Tu feras comme bon te semble et moi aussi. Excuse-moi encore de t'avoir traitée de cette façon.

Virginia eut peur.

— Tu es fâché contre moi ?

— Contre nous, plutôt. Mais je m'occuperai de moi plus tard. Pour le moment, je pare au plus pressé... puisque tu veux me quitter.

Une supplique, le désir d'être comprise, perça dans la voix de Virginia :

— Ce n'est pas mon souhait. C'est juste ce qu'il convient de faire. Je t'entraîne dans Dieu sait quoi...

— Tu m'as engagé comme détective, non ?…

Un soupir échappa à Virginia. Comment Cade pouvait-il se montrer aussi aveugle, aussi entêté ?

— Notre relation n'a plus rien de professionnel, tu le sais bien.

— C'est exact. Elle est intime. Et tu es sur le point de me quitter parce que tu te sens coupable et responsable alors qu'il n'y a pas lieu… Virginia, attends un peu avant de prendre une décision. Attends d'avoir redécouvert ton passé. Là, si tu souhaites toujours partir, pour d'autres raisons que les fautes imaginaires que tu crois avoir commises, je ne me mettrai pas en travers de ton chemin.

Il ajouta, glacial :

— Si tu ne peux pas ou ne veux pas m'aimer, il faudra que je vive avec. Mais c'est trop tôt pour en décider.

— Je veux seulement…

— … Te rendre chez les flics, je sais.

Les mains enfouies dans ses poches pour éviter de prendre Virginia dans ses bras, Cade marqua un temps, avant de poursuivre :

— Tu en as le droit. En attendant, tu m'as engagé pour un job que je n'ai pas terminé. Quels que soient nos sentiments, j'ai l'intention de mener à bien ce que j'ai entrepris…

Virginia ne savait plus comment s'y prendre avec Cade. D'ailleurs, l'avait-elle jamais su ? se demanda-t-elle. L'homme froid et furieux qui se tenait devant elle en cet instant lui était plus étranger aujourd'hui qu'aux toutes premières minutes de leur rencontre.

— Le rendez-vous avec le Smithsonian… ? commença-t-elle.

— Je l'ai annulé. Partons, maintenant… Prends ton sac.

— Pour aller où ?

— Prends ton sac, répéta-t-il.

Une fois au volant, Cade ne parla plus. Sur le trajet, Virginia reconnaissait parfois un immeuble. Ils étaient déjà passés par là. Cependant, quand ils quittèrent le District of Columbia pour entrer dans l'Etat du Maryland, quelque chose se noua en elle. Elle avait les nerfs à vif. Tout à coup, les arbres qui bordaient la route lui semblèrent trop proches. Trop grands, trop verts. Un sentiment de panique l'envahit.

— Si seulement tu me disais où nous allons…

— Dans le passé, répliqua Cade. Il suffit parfois d'ouvrir une porte et de regarder ce qui se trouve de l'autre côté.

La gorge de Virginia se serrait. Elle aurait donné n'importe quoi pour un verre d'eau.

— Retournons en ville, supplia-t-elle.

— Non. Les pièces manquantes se trouvent ici, Virginia.

Tout en quittant la route principale, Cade écoutait la respiration saccadée de la jeune femme. Il repoussa impitoyablement le désir de l'apaiser. En fait, elle était plus forte qu'il n'avait bien voulu le reconnaître jusque-là. Elle supporterait cette épreuve, s'il la soutenait.

Il mesurait les enjeux de la situation. Le risque existait que le bâtiment soit surveillé. Dans ce cas, il exposait Virginia. D'un autre côté, elle l'avait engagé pour résoudre l'énigme de son passé. Et son instinct le lui soufflait : la dernière pièce du puzzle se trouvait à portée de main. De toute façon, Virginia ne pouvait continuer à vivre dans le petit monde protégé qu'il avait tissé autour d'elle. Pour elle, aussi bien que pour lui, il était grand temps d'avancer.

Alors, il se gara sur le parking attenant à Salvini.

— Tu sais où nous sommes, affirma-t-il.

Virginia transpirait. Elle frottait ses mains moites sur ses cuisses en de longs mouvements nerveux.

— Non, pas du tout !

L'immeuble de brique faisait deux étages. Ancien, plutôt joli, il s'ornait de deux grandes vitrines, flanquées d'azalées qui fleuriraient superbement au printemps. L'élégance discrète du lieu n'avait rien d'effrayant. Et cependant, Virginia frémit.

Une seule voiture occupait le parking. Une BMW berline bleu foncé. L'immeuble faisait l'angle d'une rue, à l'écart d'un centre commercial à la mode, situé de l'autre côté du parking.

Effarouchée, Virginia tourna la tête, refusant de lire l'enseigne qui surmontait le bâtiment en grosses lettres claires.

SALVINI.

— C'est fermé. Partons, déclara-t-elle.

— Il y a une voiture sur le parking. Jeter un œil ne nous fera pas de mal.

Virginia se recroquevilla sur son siège.

— Je ne veux pas y aller.

— Qu'y a-t-il dans cet immeuble, mon chou ?

Terreur. Terreur pure et simple.

— Je ne sais pas. Je ne veux pas y entrer.

Forcer Virginia à faire ce qui la terrorisait manifestement crevait le cœur de Cade. Cependant, il le fallait, pour son propre bien. Il sortit de la voiture et ouvrit la portière du passager.

— Je suis avec toi, dit-il en forme d'encouragement.

— Je t'ai dit que je n'irais pas.

— Tu veux rester cachée le restant de ta vie ?

La rage balaya les larmes de peur qui perlaient aux yeux de Virginia.

— Je te déteste !

Le cœur de Cade se serra, mais cela ne l'empêcha pas de prendre fermement Virginia par le bras, et de se diriger vers la porte d'entrée.

Il faisait sombre à l'intérieur. Par la vitrine, il entrevoyait la salle d'exposition élégante, l'épaisse moquette, les tabourets de cuir sur lesquels s'assoient les clients, pour admirer les merveilles qu'ils convoitent.

À côté de Cade, Virginia tremblait comme une feuille.

— Essayons par-derrière, murmura Cade.

Le dos du bâtiment présentait deux entrées, une pour les livraisons, l'autre pour le personnel. Cade étudia les verrous de la porte des employés, puis sortit de sa poche de petits outils enveloppés dans une pochette de cuir.

Tandis qu'il choisissait un tournevis et se penchait vers la serrure, Virginia fit un pas en arrière.

— Qu'est-ce qui te prend ! s'alarma-t-elle. Tu rentres par effraction ?

— Je m'exerce quatre heures par semaine à faire sauter des verrous. Tiens-toi tranquille.

Il fallait de la concentration, du doigté, et quelques minutes à transpirer abondamment. Si l'alarme était branchée, songeait Cade, elle se déclencherait dès qu'il ferait sauter le premier verrou. Sinon, il changerait de matériel, et s'attaquerait au second. Bien sûr, on ne pouvait exclure la présence d'une alarme silencieuse. Dans ce cas, si les flics arrivaient, il y aurait fort à faire pour se justifier.

Cade fourrageait dans la gorge de la serrure.

— Pénétrer dans un magasin par effraction en plein jour ! Tu es fou ! s'indigna Virginia.

A ce moment-là, le dernier verrou céda. Cade replaça méticuleusement ses outils dans leur écrin.

— Mission accomplie ! déclara-t-il avec satisfaction.

Il franchit le seuil. Dans la quasi-obscurité, il aperçut l'alarme, juste à côté de la porte. Elle n'était pas branchée. Une autre pièce du puzzle se mettait en place.

— Bien imprudent de leur part, murmura-t-il.

Prenant la main de Virginia, il l'attira vers l'intérieur.

— Tu ne risques rien, je suis là.

— Je ne peux pas faire ça.

— Tu es en train de le faire.

La main de Virginia solidement enfermée dans la sienne, Cade alluma la lumière. Ils se trouvaient dans une petite antichambre. Accroché à une patère, pendait un imperméable de femme gris. Le jeudi précédent, la météo avait annoncé des orages, songea Cade. Nul doute qu'une femme à l'esprit pratique comme Virginia ne serait pas allée travailler sans son imperméable.

— Il est à toi, non ? demanda-t-il.

— Je ne sais pas.

— Bonne qualité, coûteux, raffiné, c'est ton style.

Cade fouilla dans les poches, et en sortit des bonbons à la menthe, des mouchoirs en papier et une liste de courses.

— C'est ton écriture, remarqua Cade en tendant le bout de papier.

Refusant d'y jeter un œil, Virginia secoua la tête.

— Je ne me souviens de rien.

Le papier rangé dans la poche de sa propre veste, Cade entraîna Virginia vers la pièce suivante.

C'était un atelier, le même, en plus petit, que celui de Westlake. Il connaissait le matériel, à présent. De sorte que, s'il prenait la peine d'ouvrir un des tiroirs du grand meuble de bois, il était sûr d'y trouver des pierres précieuses en vrac. Les flots de gemmes qui peuplaient les rêves de Virginia. Des pierres qui la rendaient heureuse, attisaient sa créativité, apaisaient son âme.

Dans la main de Cade, celle de Virginia était inerte et glacée.

— Montons, décida-t-il.

Cette fois-ci, elle ne protesta pas. La terreur

l'enfermait dans un monde où les mots n'avaient pas cours.

Au second étage, le sol était moquetté de gris foncé. Une nausée souleva l'estomac de Virginia. Le couloir, suffisamment large, leur permettait d'avancer de front. De belles tables anciennes ponctuaient l'espace. Des roses rouges se fanaient dans un vase d'argent, et l'odeur de leur décomposition l'écœurait.

Cade ouvrit une porte et la poussa. Il le sut au premier coup d'œil, c'était le domaine de Virginia. Chaque chose se trouvait à sa place. Le bureau, un joli meuble Queen Anne, luisait de cire et d'entretien. Un long cristal laiteux y trônait. Une chalcédoine, se souvint Cade. Par déduction, la pierre aux multiples facettes qui se trouvait à côté devait être le quartz fumé, aux inclusions de rutile, décrit par Virginia. Un petit vase de verre contenait un bouquet de violettes dont la tête retombait. Et des photos, dans des cadres argentés.

S'emparant de la première, Cade l'examina. Une fillette de dix ans à peu près. Les yeux étaient reconnaissables entre tous. Une femme était assise à côté d'elle, et souriait. Une femme à laquelle la fillette — devenue adulte — ressemblait énormément.

— Voici ton passé, Virginia.

Cade prit une seconde photo. Trois femmes, bras dessus bras dessous, qui riaient.

— Toi, Stella et Diana, dit-il. Ton présent.

Une troisième photo attira l'attention de Cade. Un bel homme blond, au sourire chaleureux et confiant. L'avenir de Virginia… ? se demanda Cade.

— Il est mort, balbutia Virginia.

Les mots se frayaient difficilement une voie, écorchant sa gorge au passage.

— C'est mon père, reprit-elle. Mort dans le Dorset. Un accident d'avion.

— Je suis désolé, murmura Cade en reposant la photo.

Adossée à son bureau, Virginia sentait ses jambes flageoler. Son esprit chancelait sous les images qui s'imposaient à elle.

— Il est parti pour un voyage d'affaires dont il n'est jamais revenu. Ensemble, nous mangions des glaces sous la véranda, et il me montrait ses trésors. De belles choses anciennes. Il sentait la cire d'antiquaire… Il adorait les meubles.

— Il *était* antiquaire, dit Cade calmement.

— De père en fils, je me rappelle… La boutique regorgeait de merveilles. Il est mort à des milliers de kilomètres, en Angleterre. Ma mère a dû vendre le magasin quand…

— Vas-y doucement, mon cœur.

— … quand elle s'est remariée. Elle était

jeune encore, et solitaire. Il lui a dit qu'il s'occuperait de tout. Ne pas s'inquiéter.

Elle fit quelques pas en vacillant légèrement. Puis son regard s'arrêta sur l'éléphant en stéatite avec la couverture ornée de pierreries.

— C'est Stella qui me l'a offert pour mon anniversaire. Je collectionne les éléphants. C'est bizarre, non ? Je collectionne les éléphants, et tu en gagnes un pour moi dans une fête foraine...

Virginia se passa une main sur les yeux, s'efforça de tenir bon.

— J'ai fêté mon anniversaire il y a quelques semaines, en compagnie de Stella et Diana. Mon anniversaire a eu lieu le 25 juin. J'ai vingt-cinq ans.

Sa tête tournait, malgré le soin qu'elle mettait à se concentrer sur Cade.

— Je m'appelle Virginia Anne James.

Avec une infinie douceur, Cade la fit asseoir, et retint sa main entre les siennes. Puis il lui murmura :

— Ravi de faire ta connaissance.

Chapitre 11

Virginia pressa ses paupières. Les images se bousculaient dans son cerveau, se formaient sur sa rétine, grossissaient, se chevauchaient, avant de s'estomper de nouveau.

— Parle-moi de ton père, demanda Cade.

— Mon père... il est mort.

— Ça, je l'ai compris, mon chou. Mais encore ?

— Il... achetait et vendait des antiquités. Une affaire familiale. Nous vivions dans le Connecticut. Il... il a donné un essor nouveau à l'entreprise... créé une succursale à New York, une autre dans le District of Columbia. Il s'appelait Matthew.

A présent, elle posait la main sur son cœur gonflé de chagrin.

— C'est comme si je le perdais une nouvelle fois... J'étais enfant unique. Gâtée, très certainement. Quand ma mère m'a annoncé l'accident, j'ai couru me réfugier sous le saule pleureur de notre jardin. J'essayais de le faire revenir en me concentrant totalement sur son image.

— Ta mère t'a cherchée et t'a découverte sous l'arbre ?

Confiant en son intuition, Cade devinait, incitait doucement Virginia à poursuivre son récit.

— Oui. Nous sommes restées assises un long moment. Sans lui, nous étions perdues. Elle a fait d'immenses efforts pour tenter de garder l'entreprise familiale, pour s'occuper de moi, de la maison. Mais cela la dépassait. Ensuite, elle a rencontré Charles Salvini.

Virginia s'essuya la bouche d'un revers de main.

— Il était joaillier, spécialisé dans les pièces anciennes. Ma mère l'a consulté au sujet de notre stock. Ça a commencé comme ça. Il l'aimait profondément, la traitait très bien, ainsi que moi. De mon côté, je l'admirais. Maman a vendu ce qui restait de l'affaire familiale, et s'est mariée.

— Il était gentil avec toi ?

— Oui. C'était un homme bon, scrupuleusement honnête, aussi bien en affaires que dans sa vie personnelle. C'est ma mère qu'il voulait, mais je venais avec, et il m'a pleinement acceptée.

— Tu l'aimais.

— C'était facile de l'aimer. De lui être reconnaissante de ce qu'il faisait pour nous. Il considérait avec fierté l'entreprise qu'il avait créée. Quand je me suis intéressée aux pierres précieuses, il m'a encouragée. Il m'a envoyée faire mes études à l'université. Ma mère est morte en mon absence...

Cade enveloppa Virginia de ses bras et la berça contre lui.

— Un accident, reprit-elle. Un chauffard l'a renversée. Elle est tombée sur la tête. Et voilà...

Le chagrin se lovait en elle, à l'état brut, aussi vif qu'à l'époque des événements.

— La mort de ma mère a dévasté Charles. Il ne s'en est jamais remis. Plus rien ne l'intéressait, il a commencé à vivre en reclus. D'ailleurs, il est mort moins d'un an après elle.

— Tu t'es retrouvée toute seule ?

— J'avais mes frères. Les fils de Charles, Timothy et Thomas. Mes demi-frères.

Virginia frissonna, serra convulsivement les mains de Cade. Un sanglot s'étrangla dans sa gorge.

— Je veux partir... je ne peux pas rester...

— Parle-moi de tes frères, demanda Cade calmement.

— Sortir d'ici, répéta Virginia.

— Ils travaillaient ici, et tu travaillais avec eux...

— C'est ça... ils ont repris l'affaire de leur père. Et je me suis jointe à eux, après mes études à l'université de Radcliffe. Nous étions de la même famille. Mes frères. Ils avaient vingt ans quand ma mère a épousé leur père. Nous vivions dans la même maison. Nous formions une famille.

— L'un d'eux a pourtant tenté de t'assassiner…

Le visage caché entre ses mains, Virginia refusait cette éventualité.

— Non ! Non ! C'est une erreur. Nous avons vécu ensemble dans la même maison. Nos parents sont morts, et tous les trois sommes ce qui reste de la famille. Ils sont parfois impatients ou brusques, mais jamais ils ne m'ont fait le moindre mal.

— Ils ont un bureau dans ce bâtiment ? A cet étage ?

Virginia secoua la tête, mais son regard dériva vers la gauche.

— Reste assise tranquillement, demanda Cade.

— Où vas-tu ?

Les yeux rivés à ceux de Virginia, Cade lui prit le visage entre ses mains.

— Il faut bien que j'aille voir ce qui s'est passé…

Rejetant la tête en arrière, Virginia ferma les paupières. Non, elle ne suivrait pas Cade dans la pièce voisine. Elle ne voulait rien voir. Rien savoir. Maintenant, elle connaissait son nom, sa famille. Cela ne suffisait-il pas ? Cependant, la scène se rejoua dans sa tête, et le craquement de l'éclair la fit gémir.

Quand Cade revint, elle n'avait pas bougé

d'un pouce. Elle ouvrit les yeux, et ce qu'elle lut sur le visage de Cade l'édifia.

— Thomas, dit-elle d'une voix blanche. Thomas est mort dans son bureau.

Cade opina, compatissant. Pas étonnant que Virginia ait refusé en bloc toute la scène à laquelle elle avait assisté. L'attaque avait été féroce, haineuse. Le résultat était horrifiant pour un spectateur tel que lui. Mais ça ne représentait rien, par rapport à l'horreur de voir un de ses propres frères en train de tuer son autre frère.

Les larmes roulaient le long des joues de Virginia.

— Pauvre Thomas... Il voulait toujours être le meilleur en tout. Souvent, il l'était. Jamais ils ne se sont montrés méchants envers moi. Ils m'ignoraient parfois, comme le font souvent les frères aînés. Ils n'ont pas apprécié que Charles me lègue une partie de la joaillerie, mais ils l'ont accepté.

Prenant la main de Virginia, Cade l'aida à se lever.

— Sortons, maintenant. Tu me raconteras la suite ailleurs.

Virginia ne lâcha pas prise. Elle y arriverait ! se promit-elle. Tout dire était devenu un besoin.

— Ils projetaient de voler les Trois Etoiles de Mithra. Nous avions été chargés de vérifier et d'établir la valeur des trois diamants. C'était mon domaine. Je travaille souvent pour le Smithsonian. Les Etoiles devaient faire partie de leur exposition de gemmes. Elles sont originaires de Perse. Très anciennes, elles étaient autrefois serties dans un triangle d'or, posé dans les mains ouvertes d'une statue de Mithra.

Elle s'éclaircit la gorge. Elle parlait à présent d'une voix calme, professionnelle.

— C'était le dieu perse de la lumière et de la sagesse. Le culte de Mithra est devenu une des religions de l'Empire romain. Ce dieu est censé avoir sacrifié le taureau divin. Du cadavre de ce taureau sont nés les plantes et les animaux.

— Tu me raconteras ça dans la voiture.

Cade la poussait vers la porte, mais elle éprouvait le besoin irrépressible de tout dire tout de suite.

— Cette religion a atteint Rome vers 68 avant J.C. Assez similaire au christianisme, elle s'est propagée rapidement. Même idéal d'amour fraternel.

La voix de Virginia se brisa. Puis elle reprit :

— On pensait que les Trois Etoiles étaient un mythe, une légende engendrée par la sainte Trinité. Pourtant, certains érudits croyaient fermement en leur existence, et les décrivaient comme des symboles d'amour, connaissance et générosité. On dit qu'à celui qui les possède toutes les trois, elles apportent pouvoir et immortalité.

— Tu n'y crois pas, n'est-ce pas ?

— Je crois qu'elles sont assez puissantes pour provoquer des montagnes d'amour, de haine et de convoitise. J'ai fini par découvrir ce que manigançaient mes frères. En fait, Timothy en faisait des copies dans son atelier. S'il avait agi avec davantage de méthode, il aurait pu me duper. Il a toujours été le plus impatient des deux jumeaux, le plus imprudent. Il a un caractère très vif.

— Il lui est arrivé de t'agresser ?

— Jamais. Il m'a parfois contrariée, simplement. Il semblait croire que ma mère n'avait épousé son père que pour que celui-ci nous protège, elle et moi. Ce qui est sans doute en partie vrai. C'est pourquoi j'ai toujours cherché à prouver ma valeur.

— Et tu y es parvenue.

— Pas aux yeux de Timothy. Il n'est pas homme à faire des compliments... Jamais je n'aurais douté de leur honnêteté. Jusqu'à ce qu'ils soient chargés d'estimer les Etoiles.

— La tentation était trop forte.

— Apparemment. Les faux n'auraient trompé personne très longtemps. Mais le temps que le pot aux roses soit découvert, mes frères auraient touché l'argent, et se seraient enfuis. Je ne sais pas qui les payait, mais ils travaillaient pour quelqu'un.

Au beau milieu de l'escalier, Virginia s'immobilisa, et se pencha par-dessus de la rampe.

— Il m'a couru après. Il faisait nuit noire. J'ai trébuché. Je savais qu'il me tuerait, s'il m'attrapait. Pour l'argent.

Pas à pas, Virginia reprit sa descente. Parvenue à la dernière marche, elle se tourna et montra du doigt une porte étroite.

— Il y a un sous-sol par ici. Minuscule. C'est là que je me suis cachée. Il existe un petit renfoncement sous les marches. Plus jeune, j'adorais m'asseoir dans ce coin, pour y étudier les livres sur les gemmes que me confiait Charles. Timothy ne connaissait sans doute pas cette cachette. Sans ça, je serais morte.

Virginia et Cade sortirent à l'air libre.

— Je ne me rappelle pas combien de temps je suis restée cachée. Ni comment je me suis rendue à l'hôtel. Je ne prends pas ma voiture pour aller travailler. J'habite tout près d'ici.

Malgré son désir de réconforter Virginia, de lui faire oublier cet épisode dramatique de sa vie, Cade lui prit les mains et la força à le regarder.

— Où sont les deux autres Etoiles ? demanda-t-il.

La question fit blêmir Virginia. Les yeux écarquillés, elle était en état de choc.

— Les… Mon Dieu ! Qu'ai-je encore fait ? Timothy sait où elles habitent. Il le sait.

— Tu les as confiées à Stella et Diana, comprit Cade.

Avançant à rapides enjambées vers sa voiture, il en ouvrit vivement la portière. La police attendrait, songea-t-il. Il avait plus urgent à faire.

— Donne-moi leur adresse, demanda-t-il.

— J'étais si en colère, expliqua Virginia dans la voiture. Je comprenais qu'ils se servaient de mon nom, de mes connaissances, de ma réputation sur le marché, pour authentifier les gemmes. Ensuite, ils les auraient échangées contre les fausses, se seraient enfuis, et m'auraient laissée seule pour affronter les conséquences de leur larcin. L'affaire que Charles avait montée avec amour aurait été ruinée par leurs manœuvres. Je ne pouvais pas laisser faire ça. Je le devais à la mémoire de mon beau-père.

Cade se faufilait dans la circulation dense de l'après-midi.

— Comment t'y es-tu prise ?

— Avant de les affronter, je voulais mettre les Etoiles hors d'atteinte. Je pensais qu'il ne fallait pas les garder dans un même lieu. Donc, j'en ai envoyé une à Stella et une à Diana.

— Quoi ! Tu as envoyé des diamants inestimables par la poste ?

L'air blessé, Virginia pressa ses paupières l'une

contre l'autre. Elle s'était déjà reproché plusieurs fois sa légèreté, et n'avait aucun besoin qu'on souligne l'imprudence de sa décision.

— On utilise couramment des coursiers spéciaux pour livrer les pierres précieuses. Je n'ai pensé qu'à une chose : ma confiance aveugle en Stella et Diana. Je comptais avertir mes frères que j'avais placé les diamants en lieu sûr, et que je les ferais livrer directement au Smithsonian. Je croyais fermement mettre ainsi un terme à l'affaire.

Comme les pneus de Cade crissaient dans un virage, Virginia entrouvrit sa portière.

— Voici notre immeuble. Stella et moi avons deux appartements sur le même palier, au troisième étage.

Elle bondit hors de la voiture avant que Cade eût éteint le moteur. Il piqua un sprint et la rattrapa dans l'escalier.

— Reste derrière moi, ordonna-t-il.

Le montant de la porte et le verrou de l'appartement 324 étaient cassés. Des scellés de la police en interdisaient l'accès.

Interloquée, Virginia restait sans voix.

— Ah ! Vous voici, mon petit ! Je commençais à m'inquiéter.

Une femme en caleçon rose et pantoufles molletonnées arrivait derrière eux.

Virginia fit volte-face.

— Madame Weathers ! Qu'est-il arrivé à Stella ?

— Quel remue-ménage ! Indigne d'un quartier comme le nôtre !

— Où est Stella ?

— La dernière fois que je l'ai vue, elle dévalait l'escalier avec un homme. Ils se chamaillaient tant et plus. C'était après le verre brisé, les meubles fracassés, les coups de feu.

— Les coups de feu ? On a tiré sur Stella ?

— Elle ne m'a pas paru morte ! Folle de rage, oui !

— Se trouvait-elle avec mon frère ?

— Non. Avec un jeune homme que je n'avais jamais vu. Pas le genre qu'on oublie facile-ment ! poursuivit la concierge. Grand, sain, de beaux cheveux retenus en un petit catogan, une fossette creusée dans le menton. Un vrai acteur de cinéma. Je l'ai bien regardé, vu qu'il m'a bousculée dans l'escalier.

— Quand tout cela s'est-il produit ? demanda Virginia.

— Je ne l'ai pas vue depuis samedi, quand elle s'est volatilisée en laissant sa porte ouverte. En tout cas, c'est ce que je croyais, jusqu'à ce que je m'aperçoive que la porte avait été forcée. J'ai jeté un coup d'œil à l'intérieur. L'appartement était sens dessus dessous.

La concierge marqua une pause dramatique.

— Un homme gisait à terre. Je me suis barricadée chez moi, et j'ai appelé la police. Il a dû revenir à lui, parce que, quand la police est arrivée, il avait disparu.

Comme Virginia commençait à trembler, Cade lui passa un bras autour de la taille. Puis il s'immisça dans la conversation.

— Avez-vous une clé de l'appartement de Virginia ? Elle a oublié la sienne chez moi, et nous sommes venus prendre quelques effets pour elle.

Mme Weathers fit bouffer ses cheveux et sourit d'un air entendu.

— C'est pas trop tôt ! s'exclama-t-elle en direction de Virginia. Mieux que de vous enterrer nuit après nuit dans votre chambre. Voyons, poursuivit-elle en agitant un trousseau de clés, voici la vôtre.

— Je ne me souviens pas vous avoir confié mes clés…

— Vous me les avez données avant votre départ pour l'Arizona avec vos amies. J'en ai profité pour faire un double, au cas où…

Tout en chantonnant à mi-voix, Mme Weathers fit tourner la clé dans la serrure. Avant qu'elle ne l'ouvre, Cade s'interposa :

— Merci infiniment.

Il lui fermait la porte au nez lorsque la concierge,

qui se tordait le cou pour jeter un coup d'œil à l'intérieur, s'exclama :

— J'y pense ! J'ai aussi aperçu votre frère !

— Timothy ? murmura Virginia.

— Ah ça ! Je ne sais jamais les reconnaître… Voyons voir… c'était samedi soir. Quand je lui ai dit que vous étiez peut-être partie en vacances, il a eu l'air un peu perturbé. Il a ouvert votre porte, et l'a refermée derrière lui.

— Je ne savais pas qu'il avait ma clé, réfléchit Virginia à haute voix.

Puis la réponse s'imposa d'elle-même : en s'enfuyant, elle avait laissé son sac à main dans son bureau.

— Merci beaucoup… Si je rate encore Stella, voulez-vous lui dire que je la cherche ?

— Bien sûr, mon petit. Maintenant, si…

Avec un sourire faussement contrit, Cade lui ferma la porte au nez.

Heureusement. Un regard circulaire le renseigna : il n'était certainement pas dans les habitudes de Virginia de laisser son appartement dans cet état. Coussins éventrés jetés par terre, tiroirs vidés sur la moquette. De toute évidence, Salvini ne s'était pas contenté de fouiller l'endroit. Il avait aussi voulu tout détruire.

La même violence folle qu'au bureau, songea Virginia avec effroi. La même perte de contrôle de soi à laquelle elle avait assisté, lorsque Timothy s'était emparé du coupe-papier de Thomas. « Ce ne sont que des objets », se rappela-t-elle en contemplant le désastre de son appartement. Des objets précieux et chéris, certes, mais pas davantage. En revanche, elle ne savait que trop, pour en avoir été le témoin involontaire, de quoi Timothy était capable envers un être humain.

— Il faut que j'appelle Diana.

— Tu as reconnu l'homme qui accompagnait Stella, d'après la description de ta concierge ?

— Non. Pourtant, je connais tous ses amis.

Se frayant un chemin dans le désordre de son appartement, Virginia atteignit le téléphone. Elle composa fébrilement le numéro de Diana, et tomba sur son répondeur.

— Diana, si tu es là, décroche, supplia-t-elle. C'est urgent. Stella, toi et moi sommes en danger. Remets à la police le paquet que je t'ai envoyé. Rappelle-moi dès que possible, au...

Cade prit le combiné des mains de Virginia, et énonça clairement son numéro de téléphone, avant de le lui rendre.

Révéler les coordonnées de Virginia était un risque calculé, réfléchit Cade. D'une part, le diamant serait bientôt à l'abri, et, d'autre part, il ne voulait pas mettre des bâtons dans les roues de Diana, au cas où elle aurait besoin de joindre son amie d'urgence.

— C'est une question de vie ou de mort !

insista Virginia dans le récepteur. Ne reste pas seule chez toi. Et surtout n'ouvre à mon frère sous aucun prétexte. Appelle-moi, je t'en prie !

— Où habite-t-elle ? s'enquit Cade quand Virginia eut raccroché.

— Dans le Potomac. Mais elle a aussi une propriété dans l'ouest du Maryland. Elle n'y a pas le téléphone, et peu de gens connaissent l'existence de cette maison. En plus, elle prend souvent sa voiture, et roule au hasard, jusqu'à ce qu'elle trouve un endroit qui lui plaise.

— Elle reste longtemps sans te contacter ?

— Jamais plus de quelques jours.

Virginia leva soudain les yeux au ciel, se traita de tous les noms, puis appuya sur une touche de son répondeur. La première voix à se faire entendre fut celle de Diana.

— Virginia, qu'est-ce qui te prend ? Cette chose est-elle vraie ? On s'essaie à la contre-bande, à présent ? Je te rappelle bientôt.

Intensément soulagée, Virginia se raccrocha aux informations que lui livrait son répondeur : samedi après-midi à 4 heures, Diana était vivante et en forme.

Appuyant de nouveau sur la touche, Virginia écouta le deuxième message. La voix de Stella.

— Virginia, écoute-moi bien. Pas la moindre idée de ce qui se passe, mais on est dans le pétrin. Je suis dans une cabine téléphonique devant…

Un juron, un choc.

— Eh ! Vous ! Bas les pattes, fils de…

La tonalité.

La voix blanche, Virginia lut les indications sur son répondeur :

— Dimanche, 2 heures du matin.

Sans un mot, Cade appuya à son tour sur la touche du répondeur, et écouta le dernier message.

— Je te retrouverai, espèce de garce. Je veux ce qui m'appartient.

Un sanglot étouffé, puis la voix reprit :

— Il leur a ordonné de me lacérer le visage, à cause de ce que tu as fait. Tu ne perds rien pour attendre, je te réserve le même sort.

— C'est Timothy, balbutia Virginia. Il est devenu fou…

Après ce qu'il avait vu dans le bureau de Thomas Salvini, Cade n'en doutait pas un instant.

— Allons dans un endroit calme, déclara-t-il. Tu pourras t'asseoir et tout me raconter. Ensuite, nous passerons un coup de fil.

Le parc était ombragé et verdoyant. Le petit banc sous les branchages échappait tant bien que mal à la chaleur oppressante de juillet.

— Avant de te rendre chez les flics, il faut que tu aies l'esprit clair, déclara Cade. Nous allons remettre de l'ordre dans les pièces du puzzle.

Virginia contemplait ses mains d'un regard absent. Elle opina.

— Résumons. Tu avais dix ans à la mort de ton père. Ta mère n'était pas douée pour les affaires. Un jour, elle a rencontré un homme plus âgé qu'elle. Il était séduisant, riche, avait réussi financièrement. Il est tombé amoureux d'elle, et vous a prises toutes les deux sous sa protection. Toi, tu l'as accepté comme beau-père.

Virginia soupira.

— Charles ne remplaçait pas mon père. Mais il a comblé un vide dans mon cœur.

— Les demi-frères ont un peu tiré le nez, à l'arrivée d'une nouvelle sœur.

Virginia ouvrait la bouche pour protester, mais elle se ravisa. Il était grand temps d'accepter ce qu'elle avait nié pendant des années.

— Sans doute… j'essayais de ne pas faire de vagues. Quand nos parents se sont mariés, mes frères étaient à l'université, et lorsqu'ils sont revenus vivre à la maison, c'était à mon tour de faire des études. Je ne peux pas dire que nous étions proches, mais nous formions une famille. Il n'y a pas eu de réelle friction avant la mort de ma mère. Quand Charles s'est retiré des affaires, ses fils ont repris la joaillerie. Rien de plus naturel. Mais Charles a annoncé qu'il me réservait vingt pour cent des parts de la société, et cela a provoqué une querelle.

— Ils ont fait toute une histoire ?

Virginia hésita, puis admit :

— En fait, ils étaient furieux. Contre leur père, contre moi. Thomas s'est calmé assez vite. Il s'intéressait davantage au côté gestion de l'entreprise qu'au côté créatif. On s'entendait assez bien. Avec Timothy, ç'a été plus difficile. Il disait à tout-va que je me lasserais de travailler, me trouverais un riche mari, et abandonnerais l'affaire à ce moment-là.

Une souffrance sourde se manifestait encore dans le cœur de Virginia au souvenir de ces railleries.

— Charles m'a laissé de l'argent. Grâce à lui, j'ai eu un foyer, je suis allée à l'université, et maintenant, j'ai un beau métier. En plus, en m'envoyant à la fac, il m'a offert Stella et Diana : c'est là que je les ai rencontrées. Nous sommes devenues intimes en un semestre, et ne nous sommes plus quittées... Mon Dieu ! Que va-t-il leur arriver ?

— Parle-moi d'elles.

S'éclaircissant la gorge, Virginia raconta :

— Stella ne tient pas en place. Au cours de ses études, elle a changé plusieurs fois d'orientation. Elle est sportive, impatiente, généreuse, amusante, et forte dans sa tête. Elle a tenu un bar, pendant sa dernière année d'études. Ça lui a tellement plu qu'elle en a ouvert un à son propre compte, il y a deux ans. C'est un pub sur Georgia Avenue.

— Connais pas.

— Un bar de quartier, avec des habitués. Le week-end, on y joue de la musique irlandaise. Si les choses s'enveniment entre les clients, elle se charge de rétablir l'ordre elle-même. Elle est ceinture noire de karaté.

— Une femme à éviter, si je comprends bien !

— Elle te plairait beaucoup.

— Et Diana ?

— Diana est très belle, et la plupart des gens ne voient que ça. Elle se sert de sa beauté si nécessaire, mais la dédaigne en général.

Observant les pigeons qui voletaient autour d'eux, Virginia laissait les souvenirs affleurer sa mémoire.

— Orpheline très jeune, elle a été élevée par une tante en Virginie. On attendait d'elle qu'elle se comporte en digne héritière du nom et de la puissance des Fontaine.

— Les grands magasins Fontaine ?

— C'est ça. Vieille famille, vieille fortune. Parce qu'elle était belle, riche et d'une famille connue, on exigeait qu'elle fréquente le monde et fasse un beau mariage. Mais Diana avait d'autres projets.

— N'a-t-elle pas posé en petit appareil pour une…

Virginia se contenta de lever un sourcil :

— ... photo de pin-up au milieu d'un maga-
zine ? dit-elle. Parfaitement ! Pour scandaliser
sa famille, et exploiter les exploiteurs, selon
ses propres termes. Ça a fait du bruit, et Diana
était ravie. Elle est devenue mannequin quelque
temps. Ça l'amusait, sans la combler. Aujourd'hui
encore, elle est à la recherche de quelque chose
qui la satisfasse. Elle accomplit un travail
fantastique pour les enfants défavorisés et les
meurtris de la vie.

— La tenancière de bar, l'amie des bonnes
œuvres et la gemmologiste. Drôle de trio !

La description fit sourire Virginia.

— Ça va te paraître étrange, mais toutes
les trois, nous nous sommes reconnues dès la
première rencontre. Nous sommes inséparables.

— Qui comprendrait mieux que moi ?
murmura Cade. Moi aussi, je t'ai reconnue au
premier coup d'œil.

Virginia regarda Cade dans les yeux.

— Connaître mon identité n'a rien résolu.
Ma vie est un chantier épouvantable. Mes amies
sont en danger, et je ne sais comment stopper
ce que j'ai provoqué.

— En mettant un pied devant l'autre, répliqua
Cade tandis qu'il frôlait la main de Virginia d'un
baiser. Allons chercher le sac de toile chez moi.
Ensuite, nous contacterons un de mes copains

flics. Nous retrouverons bientôt tes amies, mon chou.

Timothy Salvini avala un autre analgésique. La douleur lancinante qu'il éprouvait au visage l'empêchait presque de penser. Et pourtant, penser était pour lui de la plus haute importance. L'homme qui avait donné l'ordre qu'on le défigure, puis qu'on le fasse soigner par son chirurgien personnel, ne lui avait accordé qu'une dernière chance. S'il ne trouvait pas Virginia et le diamant avant la nuit, il était un homme mort.

La peur lui causait dans le cœur des élancements plus douloureux encore que la souffrance au visage. Comment les choses s'étaient-elles gâtées de la sorte ? Il avait pourtant tout planifié. Avait pris soin du moindre détail, alors que Thomas se cachait la tête dans le sable. C'était lui, Timothy, le cerveau. Lui qu'on avait contacté. Lui qui savait jouer les bonnes cartes. Lui qui avait conclu le marché.

Thomas avait tout de suite donné son accord, se souvenait Timothy. L'occasion était trop belle de s'installer enfin dans la vraie richesse, celle qui fait rêver. Puis son enthousiasme s'était refroidi. Il avait attendu la onzième heure, et avait eu l'intention de doubler son propre frère jumeau. Quelle fureur l'avait saisi en découvrant que Thomas s'apprêtait à quitter le pays avec l'acompte déjà versé par le commanditaire. Lui laissant tous les risques, toute la responsabilité.

Et cette petite garce de Virginia, en travers de leur projet !... Il n'en aurait fait qu'une bouchée, si Thomas n'avait menacé de tout faire échouer ! La querelle avait dégénéré, songea Timothy en se passant une main sur la bouche. Il avait perdu le contrôle de la situation. Les cris. La rage. Le tonnerre. Le couteau s'était retrouvé dans sa main, dégoulinant de sang, avant qu'il ne réalise ce qui se passait. Impossible de s'arrêter. Il fallait le reconnaître, il avait perdu la raison. Cela résultait du stress, du sentiment de trahison, de la fureur d'avoir été dupé par son propre frère.

Et, pendant toute la scène, Virginia l'observait de ses immenses yeux atterrés. S'il n'y avait pas eu l'orage, l'obscurité soudaine, il lui aurait réglé son compte.

Rien de cet échec n'était sa faute. Et pourtant il payait seul les pots cassés. Sa vie ne tenait qu'à un fil, à cause de la lâcheté de son frère, et des manigances d'une femme qu'il avait en travers de la gorge depuis des années. Grâce au reçu d'un coursier trouvé dans le sac que Virginia avait oublié dans son bureau en s'enfuyant, il savait qu'elle avait envoyé un des diamants à quelqu'un. Elle s'était toujours cru la plus maligne. Mademoiselle Je-suis-parfaite ! Comme elle s'était insinuée dans les bonnes grâces de leur père, de retour de l'université, bardée de ses diplômes ! Mais plus que des diplômes, ce qui compte dans la vie, c'est l'astuce, se dit-il, fou de rage froide. Le cran. La ruse.

Lui, Timothy Salvini, possédait les trois ! Il aurait eu les cinq millions de dollars en sa possession, à présent, si son frère n'avait chancelé et alerté Virginia, avant de craquer et d'essayer de doubler leur client !

Leur client... disons plutôt son maître, à présent. Mais cela aussi changerait. D'abord, il rentrerait en possession de l'argent et du diamant, puis retrouverait les deux autres. Ensuite, il s'enfuirait le plus loin possible. Parce qu'il avait vu le diable en face. Il était suffisamment intelligent pour le savoir : une fois qu'il aurait les pierres entre les mains, le diable n'aurait plus besoin de son sous-fifre.

Alors, lui, Timothy Salvini, mourrait. A moins de se montrer le plus malin.

Malin, il l'était. Il venait de le démontrer. Il avait attendu patiemment, pendant des heures, caché près de l'immeuble de Virginia. Il savait qu'elle reviendrait chez elle. Créature d'habitudes... elle ne l'avait pas déçu. Qui aurait pensé qu'une femme aussi... ordinaire réduirait ses plans à néant ? Séparer les pierres, les envoyer à plusieurs destinataires, l'idée ne manquait pas d'astuce.

Pour l'heure, sa tâche consistait à mettre la main sur elle. D'autres que lui se concentraient sur les autres femmes. Jusqu'à cette minute, tout s'était déroulé sans encombre. Virginia avait jailli hors de la voiture. L'homme avait suivi, oubliant de verrouiller la portière derrière lui. Repérer les papiers dans la boîte à gants avait été un jeu d'enfant. Il avait noté l'adresse, et, maintenant, il cassait une vitre à l'arrière de la maison vide, et s'insinuait à l'intérieur.

Il avait glissé dans sa ceinture le couteau utilisé pour tuer Thomas. Plus silencieux qu'un revolver. Et tout aussi efficace. Il était bien placé pour le savoir.

Chapitre 12

— Mick est un bon flic, expliqua Cade en se garant dans l'allée de sa maison. Il se démènera pour finir de résoudre l'énigme.

— J'aurais dû me rendre à la police tout de suite.

— Tu avais besoin de temps pour te ressaisir. A ce propos, excuse-moi de t'avoir un peu malmenée. Tu souffrais, et je t'ai bousculée pour avancer.

— Si tu ne m'avais pas poussée à regarder les choses en face, je serais peut-être encore en train de me boucher les yeux.

Cade fit une coupe de ses mains autour du visage de Virginia.

— D'un autre côté, si tu n'avais pas rayé radicalement cette scène horrible de ta mémoire, tu serais peut-être retournée chez toi tout de suite, tel un pigeon voyageur, et tu aurais téléphoné à tes amies. Dans ce cas, ton frère n'aurait eu aucun mal à vous trouver toutes les trois.

— Pendant dix ans, j'ai considéré Timothy

comme mon frère. Je le défendais, ainsi que Thomas, aux yeux de Stella et de Diana. Mais lui nous aurait tuées toutes les trois.

Comme Virginia frissonnait, Cade opina.

— Ton amnésie s'est révélée la meilleure des choses pour toi et tes amies. Et maintenant, l'étape suivante consiste à faire intervenir les flics. Ils lanceront un avis de recherche contre Salvini. Timothy a peur, il est blessé et désespéré. La police ne mettra pas longtemps à s'en emparer.

Virginia se détendit un peu :

— Il leur avouera le nom du commanditaire, dit-elle. Et Stella et Diana seront sauves.

Au moment où Cade se penchait pour ouvrir la portière de Virginia, l'orage qui menaçait depuis le début de la journée gronda. Devant l'air effrayé de la femme de sa vie, il lui prit la main et la serra entre les siennes.

— Dès que Salvini sera pincé par les flics, nous fêterons l'événement avec tes amies. On sabrera le champagne et on boira nos coupes d'un trait !

La perspective éclaira le visage de Virginia.

— Quand tout sera réglé, tu pourras apprendre à me connaître, dit-elle en retenant la main de Cade.

— Mon trésor, combien de fois faudra-t-il te le répéter ? Je te connais de l'intérieur depuis la minute où je t'ai rencontrée.

Sortant son trousseau de sa poche, Cade glissa la clé dans la serrure. Et là... son instinct, joint à un besoin inné de protéger, lui sauva la vie. Il aperçut une masse indistincte du coin de l'œil, se retourna vers elle tout en repoussant Virginia derrière lui. Le sursaut de son corps valut à la lame du couteau de pénétrer son bras au lieu de se planter dans son dos.

La souffrance fut immédiate et violente. Le sang inonda sa manche, coula le long de son poignet. Une seule pensée occupait son esprit : Virginia.

— Ecarte-toi ! Cours ! hurla-t-il tout en évitant un deuxième assaut.

Mais Virginia était pétrifiée, choquée par le sang, glacée de peur devant la scène horrible qui se rejouait sous ses yeux. Tout s'était passé si vite. Maintenant, elle fixait le visage de son frère, les deux joues bandées de gaze. Les yeux meurtriers, comme l'autre fois.

Timothy envoya le bras en direction de Cade. Celui-ci pivota, saisit le poignet de son adversaire. A présent, ils luttaient corps à corps, leurs visages aussi proches que ceux de deux amants. L'odeur de leur transpiration et de leur sang empoisonnait l'atmosphère. Pendant un moment, ils ne furent que des ombres dans la semi-obscurité du hall d'entrée, leur respiration haletante se mêlant au roulement du tonnerre.

Ils tanguaient ensemble, comme deux danseurs obscènes.

Virginia vit la pointe du couteau s'approcher pouce à pouce du cou de Cade. Son frère s'apprêtait à tuer une nouvelle fois sous ses yeux.

Alors, elle se jeta sur lui.

Ce fut un mouvement instinctif, animal. Elle le prit aux épaules, se pendit à ses cheveux. Dans sa bouche, sanglots et insultes se mêlaient. La secousse fit trébucher Cade, sa main glissa, sa vue se brouilla.

Comme elle enfonçait les ongles dans le visage balafré de Timothy, il poussa un cri de douleur, s'ébroua et la rejeta loin de lui. La tête de Virginia heurta la rampe d'escalier, des étoiles tournoyèrent dans sa tête. Mais elle se releva, et se rua de nouveau sur Timothy.

Cade intercepta Virginia, l'éloignant de toutes ses forces de la trajectoire du couteau que Timothy brandissait encore contre lui. La violence de son intervention l'envoya au tapis, et il entraîna Timothy dans sa chute. Ils se colletaient l'un à l'autre, haletant comme des chiens. Une pensée unique obsédait Cade : demeurer en vie suffisamment longtemps pour mettre Virginia à l'abri de tout danger. Hélas, ses mains poisseuses de sang glissaient, lâchaient prise.

Dans un ultime effort, il parvint à tordre la main de Timothy qui tenait le couteau, éloigna la lame pointée vers son cœur. Puis, d'une brusque poussée, il dégagea son corps et enfonça l'arme dans la poitrine de son adversaire.

Lorsqu'il se remit sur pied en chancelant, Cade sut qu'il avait gagné la partie. Virginia rampait vers lui, l'appelait au milieu de ses sanglots. En apercevant la meurtrissure qui marquait déjà la pommette de sa compagne, il fit l'effort de lever la main, de la caresser.

D'une voix blanche, qui sonna comme une voix lointaine à ses propres oreilles, il murmura :

— Ce n'est pas à toi de jouer les héros, mon cœur. Ce rôle me revient...

— Mon Dieu ! Tu saignes tellement...

Abandonnant son bras aux soins de Virginia, Cade tourna la tête vers Timothy. Celui-ci le regardait ; ses yeux étaient déjà vagues, mais pas encore éteints.

— Qui te paie, espèce de salaud ? murmura Cade, à bout de souffle.

Le lent sourire de Timothy s'acheva en une grimace de douleur. Le visage ensanglanté, ses bandages déchirés, il ne respirait qu'avec peine.

— Le diable.

Puis il se tut.

— Ne parle pas, ordonna Virginia à Cade. J'arrête l'hémorragie avant d'appeler une ambulance.

— Je voudrais bien dire le contraire, répondit Cade, mais… ça fait vraiment mal.

Virginia mourait d'envie de poser la tête sur l'épaule de Cade et de pleurer tout son soûl. Mais elle continua à confectionner une compresse à l'aide de sa chemise, et l'appuya fermement contre la blessure béante.

— Appelle l'inspecteur Marshall. Recommande-toi de moi.

Une exclamation leur parvint alors du seuil de la maison :

— Mais… que se passe-t-il ici ?

La voix féminine fit grimacer Cade.

— Dis-moi que je rêve, murmura-t-il. C'est ma mère ?

Il ferma les yeux. Comme dans un brouillard, il entendit Virginia demander une ambulance. Puis il s'évanouit.

Cade revint une première fois à lui dans l'ambulance. Virginia lui tenait la main, la pluie tambourinait sur le toit du véhicule. La deuxième fois qu'il reprit conscience, il était aux urgences. La douleur, telle une bête sauvage, semblait lui arracher des lambeaux de chair.

— Des calmants, murmura-t-il avant de s'évanouir une troisième fois.

Puis il se réveilla, allongé dans un lit d'hôpital.

Il évalua mentalement sa douleur : 6 sur une échelle de dix. Il ouvrit les yeux : Virginia était là.

— C'est toi que j'espérais voir au moment où je referais surface.

Virginia se leva, lui prit la main.

— Trente-six points de suture, dit-elle. Le muscle n'est pas abîmé. Tu as perdu beaucoup de sang, mais on t'a fait une transfusion.

Puis elle s'assit au bord du lit, et pleura pour de bon. Elle n'avait pas versé une larme tandis qu'elle soignait Cade en attendant l'ambulance. Ni pendant le transport aux urgences. Pas davantage quand il avait fallu affronter les parents de Cade, ou raconter à la police ce qui s'était passé. Mais maintenant, elle se laissait aller.

— Dure journée, hein ? déclara Cade d'une voix enrouée. Et Salvini ?

Le regard de Virginia dériva vers la fenêtre.

— Mort. J'ai appelé la police, et demandé l'inspecteur Mick Marshall.

Elle arrangea les draps de Cade.

— J'ai essayé de lui expliquer clairement la situation. Il t'attend dans le couloir. Il est inquiet pour toi.

— Mon chou... demande à Mick de me sortir d'ici.

— Mais... c'est ridicule ! Tu es en observation.

— J'ai le bras couturé, pas une tumeur au cerveau !

Virginia releva le menton.

— Ta mère m'avait prévenue que tu ne serais pas facile.

Les yeux de Cade s'étrécirent.

— Ma mère ! Je ne rêvais donc pas ? Elle était bien là ?

— Elle était venue chez toi pour te donner l'occasion de demander pardon. Chose que tu ne fais jamais, paraît-il.

— C'est ça ! Prends son parti !

— Ecoute, Cade. Elle a eu très peur quand elle a compris ce qui s'était produit. Elle et ton père...

— Mon père ? Je croyais qu'il pêchait dans le Montana.

— Il est revenu. Tous deux attendent dans le couloir. Morts d'inquiétude.

— Si tu as la moindre once d'affection pour moi, fais-les partir.

— Certainement pas. Tu devrais avoir honte !

La chose semblait entendue. Cade se résigna. Il n'aurait pas gain de cause.

— Faisons un marché, proposa-t-il. Je reçois mes parents, et, ensuite, tu me sors d'ici. On mettra les choses au clair avec Mick à la maison.

Virginia croisa les bras.

— Selon ta mère, tu veux toujours que tout

se passe comme tu l'entends. J'ai l'impression qu'elle n'a pas tort ?

Puis elle tourna les talons et sortit.

Il y fallut beaucoup de charme, de discussion et d'obstination, mais, trois heures plus tard, Cade s'enfonça dans son propre canapé. Il fallut encore deux heures de plus pour mettre Mick Marshall au courant de tous les événements survenus depuis jeudi soir.

Comme Virginia se levait pour aller faire du café, Mick se tourna vers son ami.

— Tu as fait du bon boulot, mon vieux !

— Tu le découvres peut-être, mais les détectives privés ne se prélassent pas dans leur bureau !

Mick se rapprocha de Cade et baissa la voix :

— Dis donc... Buchanan ne va pas être content, avec deux morts sur les bras, et deux diamants perdus dans la nature.

— Ton commissaire n'est jamais content !

— D'abord, il déteste les flics d'opérette comme toi. Ensuite, ton amie qui reste quatre jours sans prévenir la police, c'est dur à avaler. Moi, je la crois, mais le commissaire...

Indigné, Cade se redressa, ignorant la morsure de son bras.

— Elle ne se souvenait de rien ! L'amnésie, il connaît ? Bon sang, Mick ! Elle a vu un de ses frères en tuer un autre. Et s'attaquer à elle ensuite. Va voir le cadavre sur les lieux, tu comprendras !

— D'accord, d'accord. Mais envoyer les diamants...

— C'était pour les mettre à l'abri. Si elle ne l'avait pas fait, ils se seraient volatilisés à jamais à l'heure qu'il est. En plus, elle a rapporté celui qu'elle avait en sa possession.

— C'est comme ça que je vois les choses, acquiesça Mick.

Il jeta un regard au sac de toile calé contre son fauteuil avant de poursuivre :

— En ce qui concerne la légitime défense, pas de problème. Les faits parlent d'eux-mêmes.

Nerveusement, Mick se passa une main dans les cheveux. Il mesurait à quel point les événements auraient pu prendre une tournure encore plus dramatique. Il avait failli perdre un ami.

— Je croyais t'avoir conseillé de faire installer une alarme, bougonna-t-il.

— Je vais sans doute le faire, maintenant que j'ai quelqu'un à protéger... Il faut à tout prix qu'on retrouve Stella O'Leary et Diana Fontaine. Et vite.

— On ?

— Crois-moi, je ne vais pas rester les fesses sur une chaise.

— En ce qui concerne O'Leary, nous savons

peu de chose : une intrusion dans son appartement, une bagarre monstre, apparemment. Puis la fuite, en compagnie d'un type à queue-de-cheval.

Cade baissa la voix en jetant un regard en direction de la cuisine :

— Elle est peut-être en danger. Tu as entendu le message sur le répondeur.

— Ouais. On ne peut retrouver l'origine d'un message. Mais on s'occupe de son cas. Quant à Diana Fontaine, mes hommes vérifient sa maison du Potomac, et recherchent sa propriété dans les montagnes du Maryland. On en saura davantage dans deux heures.

Il se leva, prit le sac de toile, et sourit à Cade.

— Je porte ça à Buchanan. Je ris à l'idée de sa tête devant les huiles du Smithsonian ! Il n'est pas du genre diplomate en costume trois-pièces ! A combien tu évalues ces cailloux ?

— A deux morts, au moins, répondit Virginia, de retour de la cuisine.

Gêné, Mick se racla la gorge.

— Excusez-moi, bredouilla-t-il.

— Les Trois Etoiles de Mithra n'ont pas de prix, inspecteur. Bien entendu, pour les besoins des assurances, le Smithsonian a demandé une évaluation professionnelle par rapport au marché. Mais elles sont inestimables. Amour, connaissance, générosité.

Devant l'évident embarras de l'inspecteur, Virginia se contraint à sourire.

— Je suis prête à vous suivre.

— Me suivre ?

— Au commissariat. Vous m'arrêtez, je suppose ?

Perplexe, Mick se gratta la tête et s'agita. Jamais une femme ne lui avait offert du café avant de se constituer poliment prisonnière...

— Je n'ai aucune charge contre vous.

— Je croyais que jusqu'à ce que les diamants soient retrouvés... j'étais responsable.

— Ce sont tes frères qui l'étaient, rectifia Cade.

— Je dois partir, déclara l'inspecteur. Il se peut que j'aie à vous interroger de nouveau, mademoiselle James.

— Et mes amies ?

— La police s'en occupe.

Après un bref geste de la main, Mick se retira.

— Timothy ne peut plus leur faire de mal, murmura Virginia. En revanche, celui qui employait ses services...

— Celui-ci ne veut que les diamants, pas tes amies. Il y a fort à parier que Diana est dans sa cachette à la montagne. Quant à Stella, elle est sans doute en train de botter les fesses d'un type.

La remarque fit presque sourire Virginia.

— Ça se pourrait. Tu sais, elles sont la seule famille qui me reste.

— Non. Tu n'es pas seule au monde, Virginia. Viens t'asseoir à côté de moi...

Virginia obtempéra. Son sourire se dissipa, ses yeux devinrent sérieux et sombres.

— Je te dois la vie, murmura-t-elle. Tu m'as protégée de ton corps, tu t'es battu pour moi. Tu as risqué ta vie pour mettre la mienne à l'abri.

— J'ai toujours voulu tuer le dragon pour la damoiselle. Tu m'en as offert l'occasion.

La voix de Virginia se brouilla.

— Aujourd'hui, il ne s'agissait pas de jouer au chevalier ou d'être Sam Spade. Du sang coulait de ton corps. Timothy cherchait à te supprimer avec un vrai couteau.

— Tu n'es pas responsable des actes de ton frère.

Perdue dans ses pensées, Virginia se tut un instant. Le temps de trouver le courage de parler.

— Si Timothy t'avait assassiné, cela aurait été ma faute. C'est moi qui ai mis ta vie en danger.

— Nullement. Ce sont les risques de mon métier.

Le regard de Cade s'aiguisa.

— De toute façon, je mourrais volontiers pour toi. Je tuerais pour toi, s'il le fallait. Parce que tu as donné un sens à mon existence.

A ces mots, le cœur de Virginia palpita. Il lui

sembla qu'elle prenait son envol, s'épanouissait. Cet homme lui appartenait, songea-t-elle avec un bonheur fou.

— Je me demande pour quelle raison tu me…, commença-t-elle.

Cade l'interrompit d'un geste de la main.

— Pourquoi chercher une explication ? La raison n'a que faire dans notre histoire. Disons que l'amour est la première Etoile. Tu n'es pas d'accord ?

Si. Elle était d'accord. Comme tout était simple, dans le fond, se dit-elle, et elle se pencha un peu vers Cade.

— Je suis Virginia James, commença-t-elle. Vingt-cinq ans, gemmologiste. Célibataire.

Elle dut s'arrêter, maîtriser sa respiration, avant de reprendre :

— Je suis très soigneuse, presque maniaque. Une de mes deux amies considère d'ailleurs mon besoin d'ordre comme une religion personnelle ! J'aime cuisiner, visionner de vieux films, des polars noirs. J'ai un faible pour les chaussures italiennes, j'adore les vêtements et les antiquités. Et je préfère chercher de belles pierres dans le désert que visiter Paris.

— N'empêche que nous irons ensemble à Paris, déclara Cade avec un sourire.

Virginia secoua la tête.

— Attends, je n'en ai pas fini. J'ai des défauts :

par exemple, je lis tard le soir, et je m'endors parfois la télévision allumée.

— Nous trouverons un remède à cela.

Toute à son idée, Virginia se leva.

— Je suis bonne dans ma spécialité. Ces bagues sont mon œuvre.

— Elles me plaisent infiniment... Tu es si jolie quand tu es sérieuse, ma chérie. Reviens près de moi.

Comme Cade se levait à son tour, Virginia s'éloigna de lui.

— J'ai de l'ambition, continua-t-elle. J'aime l'idée de me faire un nom dans ma profession.

— Si je dois courir après toi dans toute la maison, donne-moi un avantage sur toi : je suis mal en point, moi !

— Je veux compter pour un homme, avoir des enfants. Je suis précise, pratique, et pour tout dire souvent casse-pieds.

— En effet, jamais je n'ai passé un week-end aussi ennuyeux, commenta Cade.

La remarque fit rire Virginia. Cade mit à profit cette seconde d'inattention de sa compagne pour l'attraper et l'attirer contre lui. C'était douloureux, d'enlacer Virginia, mais tellement bon aussi... D'un doigt il lui souleva le menton.

— Tu as fini, maintenant ?

— Non. Ma vie ne reprendra son cours normal que quand Stella et Diana seront saines et sauves, et que les Trois Etoiles auront retrouvé leur place, en sécurité au musée.

— Ce sera bientôt le cas. En attendant, si nous montions ? Nous pourrions jouer, toi et moi...

— Encore une chose...

Comme Cade levait les yeux au ciel, Virginia avoua, après avoir pris une grande inspiration :

— Je t'aime.

Il sembla à Cade que son cœur cessait de battre. L'émotion se répandit dans ses veines, avec douceur, comme un vin enivrant. Alors, il embrassa Virginia. Un long baiser d'une infinie tendresse.

— Je t'aime, lui répéta Virginia.

Puis elle ajouta de cet air embrumé qu'il chérissait :

— La vie commence maintenant.

Chapitre 13

Une Etoile était hors de sa portée.

Pour l'instant. A cause de la police.

En apprenant la mauvaise nouvelle, il n'avait pas versé dans les imprécations. Il était un homme trop raffiné pour cela. Il s'était contenté de congédier d'un regard glacial le messager tremblant qui lui rapportait les faits.

Maintenant, il était assis dans sa salle aux trésors. Son doigt glissait sur le bord d'un gobelet d'or rempli de vin. Une musique suave emplissait l'air et le calmait. Il adorait Mozart.

Cette femme lui avait causé bien des soucis. Salvini l'avait complètement sous-estimée. Une petite souris, lui avait-il affirmé, qui s'enfermait dans son atelier avec ses gemmes, et ne s'occupait de rien d'autre ! Sottises ! Et l'erreur avait été de souscrire à cette mauvaise estimation.

Mais il ne commettrait plus cette erreur-là. Et rien ne l'empêcherait de parvenir à ses fins.

Il restait deux Etoiles, perdues dans l'univers. S'il fermait les yeux, il les voyait ; il voyait palpiter leurs feux. Elles attendaient qu'il les réunisse à la troisième. Qu'il embrasse leur pouvoir. Bientôt. Bientôt, il les posséderait. Qui se mettrait en travers de son chemin serait éliminé.

En principe, il n'y aurait pas eu besoin de violence. Pas une goutte de sang n'aurait dû être versée. Mais à présent... le sang appelait le sang, songea-t-il en sirotant une gorgée de vin, avec un sourire.

Trois femmes, trois pierres, trois Etoiles. C'était presque poétique. Quand les Trois Etoiles de Mithra seraient à lui seul, il aurait une pensée pour les trois femmes qui avaient tenté de faire dévier le cours de sa destinée. Oui, il se souviendrait d'elles ! Avec une certaine tendresse, de l'admiration, même.

Et il veillerait à ce qu'elles meurent comme elles avaient vécu leurs derniers jours : de façon poétique.

Dès le 1er février,
4 romans à découvrir dans la

collection NORA ROBERTS

Le destin d'une insoumise

Lorsqu'elle découvre La Pointe des Vents, en Nouvelle-Angleterre, Gennie tombe aussitôt sous le charme. Là, elle le sait, elle trouvera l'inspiration pour peindre, et oublier le drame qui l'a récemment frappée. Mais sa tranquillité est vite troublée par la présence de son voisin, Grant Campbell, qui habite un splendide phare désaffecté. Un homme solitaire, ténébreux, mais aussi terriblement séduisant : le désir qui jaillit bientôt entre eux ne fait qu'ajouter au trouble de Gennie. Et quand elle finit par céder à cette folle attirance, c'est pour se rendre compte, paniquée, que celle-ci se mêle à des sentiments plus profonds, plus tumultueux. Pourtant, tôt ou tard, elle devra quitter La Pointe des Vents, et Grant, pour repartir chez elle, à La Nouvelle-Orléans…

L'inconnu aux yeux gris

Orpheline dès l'enfance, Megan a été élevée par son grand-père à Myrtle Beach. Et c'est dans cette ravissante station balnéaire qu'ils dirigent tous deux un parc d'attractions auquel ils sont passionnément attachés. Mais alors qu'approche la pleine saison touristique, Megan apprend que David Katcherton, un richissime homme d'affaires, veut justement racheter leur parc. Un projet auquel elle s'oppose aussitôt farouchement. Mais si David Katcherton est un homme d'affaires opiniâtre, il est aussi un dangereux séducteur, qui n'hésite pas à déployer tout son art pour faire la conquête de Megan. Comment lutter contre le désir intense qu'elle ressent pour lui, en dépit de tout ce qui les sépare ? Pire, ne risque-t-elle pas de tomber amoureuse d'un homme qui ne voit en elle qu'un pion à utiliser ?

collection **N**ORA **R**OBERTS

Une femme en fuite

Dès qu'il la voit entrer dans son bureau, Cade Parris en est certain :
Virginia est la femme de sa vie. Mais avant toute chose, il doit aider
cette jeune femme affolée et désemparée à recouvrer ses souvenirs, son
passé — un choc l'a rendue amnésique. Tout ce qu'elle sait, c'est qu'elle
est en danger et qu'un tueur la pourchasse. Et tout ce qu'elle possède,
c'est un sac contenant des billets de banque, un pistolet et... un énorme
diamant bleu, d'une valeur inestimable. Parce qu'il aime les défis, mais
aussi parce qu'il sait que Virginia ne pourra lui ouvrir son cœur tant
qu'elle n'aura pas retrouvé la mémoire, Cade décide de tout faire pour
l'aider et la protéger...

Un cottage en Cornouailles

En reconnaissant la haute silhouette de l'homme avec qui elle a rompu
cinq ans auparavant, Raven sent son cœur s'emballer. Pour quelle raison
le célèbre musicien anglais Brandon Carstairs, qu'elle pensait ne jamais
revoir, se trouve-t-il à Los Angeles ? Doit-elle se réjouir de son retour ou
bien s'enfuir pour ne pas souffrir à nouveau ? Pourtant, lorsque Brandon
lui révèle le but de son voyage, elle est totalement désemparée. Car ce
qu'il lui demande, c'est de l'aider à composer sa prochaine musique de
film, l'adaptation d'un formidable best-seller qu'elle adore. Un projet
artistique dont Raven a toujours rêvé, et qu'elle ne peut refuser. Alors,
malgré sa défiance et ses souvenirs douloureux, elle accepte de travailler
avec Brandon et de s'installer pour quelques semaines dans son cottage
en Cornouailles...

Prochain rendez-vous le 1er juin 2012

Best-Sellers n°494 • roman

Un nouveau jour - Joan Johnston

Kristin Lassiter est bouleversée : Bella Benedict, la mère de Max, son grand amour de jeunesse, lui demande de venir lui rendre visite en Angleterre, dans son château de famille. Bella, que Kristin n'a jamais revue depuis le jour où Max lui a brisé le cœur, dix ans auparavant. Pourquoi son ex-belle-mère cherche-t-elle soudain à la contacter ? Et quelle est cette fameuse mission qu'elle dit vouloir lui confier ? Une mission qui, apparemment, est susceptible de lui rapporter beaucoup d'argent. Kristin hésite. Elle élève seule sa petite Félicity et elle a vraiment du mal à s'en sortir financièrement. La proposition de Bella pourrait certes être un moyen de remédier à ce problème, mais elle craint de rouvrir d'anciennes blessures en croisant Max... Et ce qu'elle redoute encore plus, c'est que son secret - celui que le chagrin l'a conduite à préserver toutes ces années - n'éclate au grand jour.

Best-Sellers n°495 • suspense

L'inconnu de Shadow Falls - Maggie Shayne

Depuis des années, Olivia Dupree, professeur de littérature, voue une admiration sans bornes à Aaron Westhaven, un célèbre romancier qui vit caché. Aussi est-elle très surprise lorsque ce dernier accepte de venir parler au cours de la conférence qu'elle organise pour ses étudiants. Mais le jour prévu, quelle n'est pas la stupeur d'Olivia lorsqu'elle est convoquée par la police à l'hôpital, au chevet d'un inconnu victime d'une tentative de meurtre... Une stupeur qui ne fait que s'accroître quand elle apprend que sa carte de visite se trouvait dans la poche de cet homme qui a perdu la mémoire... Qui peut bien être cet étranger séduisant et mystérieux ? Est-il l'écrivain qu'elle avait fini par considérer comme son âme sœur ? Et si ce n'est pas le cas, que faisait-il à Shadow Falls avec sa carte de visite dans la poche ? Soudain, prise de panique, Olivia craint de voir ressurgir le secret d'un passé qu'elle fuit depuis seize ans.

Best-Sellers n°496 • suspense

Noir Secret - Brenda Novak

Brillante substitut du procureur, Grace Montgomery ne s'attendait pas à voir un jour ressurgir les terribles démons de son passé. A l'âge de neuf ans, Grace a en effet été victime des désirs pervers de son beau-père, le révérend Barker, un homme pourtant respecté de tous dans la petite ville de Stillwater. Et même après la mystérieuse disparition du révérend, ce n'est que dans la fuite et le silence qu'elle a trouvé refuge. Un refuge, hélas, bien fragile. Car aujourd'hui, alors que les souvenirs viennent forcer les portes de sa conscience, d'importantes zones d'ombres persistent, assorties d'un obscur malaise qui l'invite à penser qu'elle a joué un rôle dans la disparition de son bourreau. Sinon pourquoi, après toutes ces années, se sentirait-elle toujours coupable ? Résolue à clore ce chapitre douloureux de son existence, Grace n'a plus le choix : elle doit retourner à Stillwater pour exhumer le passé…

Best-Sellers n°497 • thriller

Frayeur - Michelle Gagnon

Appelée sur une nouvelle scène de crime à Phoenix, Kelly Jones, agent spécial du FBI, découvre une mise en scène macabre : le corps de la victime a été minutieusement découpé, et ses différents membres, artistement répartis aux extrémités d'un socle en forme d'étoile. Pire encore, Kelly comprend bientôt que ce qu'elle a vu n'est que l'un des rouages d'un projet macabre plus vaste encore, et que le meurtrier séquestre Madison, une jeune adolescente de seize ans. Un kidnapping sur lequel enquête son fiancé, Jake Riley, un ancien flic brillant et charismatique reconverti dans la libération d'otages. Perturbée par la tournure des événements mais épaulée par Jake, Kelly est prête à tout pour déjouer le complot derrière lequel, elle en est persuadée, se cache un adversaire plus redoutable que jamais. Un adversaire qui exige une rançon aussi inédite qu'effroyable.

Best-Sellers n°498 • roman

L'héritière australienne - Lynne Wilding

A la mort de son père, Carla Stenmark hérite d'un domaine viticole dans la Barossa Valley, en Australie. Une propriété dont son père ne lui a jamais parlé. Pas plus que de son passé secret, qu'elle découvre à la lecture de son journal intime : accusé à tort d'avoir séduit la fiancée de son frère, Rolfe a été renié et banni par son propre père. En s'installant à Sundown Crossing avec son fils, c'est donc un double défi que Carla s'apprête à relever : remettre en état un vignoble en friche depuis des années, et renouer avec le clan Stenmark, bien qu'héritière d'un fils maudit…

Best-Sellers n°499 • historique

Le mystère des Carlyle - Shannon Drake

Angleterre, 1892.

A l'idée d'affronter le comte de Carlyle, dont la réputation suffit à la faire frissonner, Camille est terrifiée. Hélas, elle n'a pas le choix : son tuteur, l'homme qui l'a recueillie alors qu'elle n'était encore qu'une enfant, et qu'elle aime par-dessus tout, a été injustement emprisonné au manoir des Carlyle. Alors peu importent les rumeurs qui prétendent que le comte est l'héritier d'une redoutable malédiction qui touche quiconque essaie de l'approcher, Camille est déterminée à rencontrer cet homme et à obtenir la libération de son protecteur. Mais sa détermination vacille dès son arrivée au manoir. Car derrière le masque terrifiant que le comte porte en public, elle découvre un regard profondément troublant, celui d'un homme blessé qui détient la clé d'un terrible secret…

Best-Sellers n°500 • thriller

Tabous - Nora Roberts

A près de soixante-dix ans, Eve Benedict est de ces stars qui ont bâti leur carrière par un travail acharné, mais aussi par le talent et la beauté. Un oscar et deux Tony Awards ont consacré ce parcours sans défaut. Quatre maris, des amants et de multiples liaisons lui ont construit une image sulfureuse. En faisant appel à la journaliste Julia Summers pour rédiger ses mémoires, Eve a décidé de se mettre à nu, sans tabou, quitte à dévoiler ses zones d'ombre, déclencher des scandales ou détruire des réputations. Mais à peine Julia a-t-elle emménagé avec son fils dans la propriété de Beverly Hills qu'un climat de menace s'installe : lettres anonymes, cambriolages… Pour l'une comme pour l'autre, écrire ce livre va désormais devenir une question de vie ou de mort. Car de ce face-à-face entre Eve et Julia, aussi subtil que cruel, un secret inavouable va émerger. Un secret mortel pour qui se risquerait à le divulguer.

Best-Sellers n°501 • historique

Sur ordre royal - Margaret Moore

Pays de Galles, 1205

Promise par le roi au ténébreux Madoc de LLanpowell, lady Roslynn de Werre redoute de rencontrer son fiancé, que tous surnomment « l'ours de Brecon ». Hélas, après la trahison dont s'est rendu coupable son époux disparu, elle est désormais à la merci du roi et doit se plier à ses ordres. Et puis, même si cette alliance ne lui apportera jamais l'amour auquel elle aspire, elle représente sa seule chance de s'éloigner de la cour, où elle subit les pires humiliations depuis la mort de son mari. Aussi accepte-t-elle de se rendre au manoir de LLanpowell pour s'offrir au sombre Madoc en dépit de ses réticences. Mais alors qu'elle pensait que le guerrier accepterait sa main - et sa fortune – sans hésiter, Roslynn a la surprise de découvrir que ce mariage lui déplaît au moins autant qu'à elle. Pis encore ! Madoc refuse catégoriquement de prendre pour épouse une femme choisie par un autre… Désespérée à l'idée de retourner auprès du roi, Roslynn décide alors de tout faire pour séduire l'ombrageux guerrier…

Recevez directement chez vous la

collection NORA ROBERTS

7,13 € (au lieu de 7,50 €) le volume

Oui, je souhaite recevoir directement chez moi les titres de la collection Nora Roberts cochés ci-dessous au prix exceptionnel de 7,13 €* le volume, soit 5% de remise. Je ne paie rien aujourd'hui, la facture sera jointe à mon colis.

❑ Le destin d'une insoumise   NR00013

❑ L'inconnu aux yeux gris   NR00014

❑ Une femme en fuite   NR00015

❑ Un cottage en Cornouailles   NR00016

* + 2,95 € de frais de port par colis.

RENVOYEZ CE BON À :

Service Lectrices HARLEQUIN - BP 20008 - 59718 Lille CEDEX 9

N° abonnée (si vous en avez un) ⬚⬚   ⎍⎍⎍⎍⎍⎍⎍⎍

Mme ❑   Mlle ❑   Prénom _____

NOM _____

Adresse _____

Code Postal ⎍⎍⎍⎍⎍   Ville _____

Tél. ⎍⎍⎍⎍⎍⎍⎍⎍⎍⎍ Date d'anniversaire ⎍⎍⎍⎍⎍⎍⎍⎍

E-mail _____ @ _____

❑ oui je souhaite recevoir par e-mail les informations des éditions Harlequin

❑ oui je souhaite recevoir par e-mail les offres des partenaires des éditions Harlequin

Retrouvez

collection **NORA ROBERTS**

n°1 sur la liste des meilleures ventes du New York Times !

sur

www.harlequin.fr

- ❤ Sa biographie
- ❤ Son interview
- ❤ Ses livres

Rendez-vous sur www.harlequin.fr
rubrique Les Auteurs

Composé et édité par les

éditions ⊞ **HARLEQUIN**

Achevé d'imprimer en France (Malesherbes)
par Maury-Imprimeur
en janvier 2012

Dépôt légal en février 2012
N° d'imprimeur : 169472